Anonymous

Träume des grieschischen Philosophen Aristobulus

nebst einer kurzen Lebensbeschreibung des französischen Philosophen Formosus

Anonymous

Träume des grieschischen Philosophen Aristobulus
nebst einer kurzen Lebensbeschreibung des französischen Philosophen Formosus

ISBN/EAN: 9783743310445

Hergestellt in Europa, USA, Kanada, Australien, Japan

Cover: Foto ©Raphael Reischuk / pixelio.de

Manufactured and distributed by brebook publishing software
(www.brebook.com)

Anonymous

Träume des grieschischen Philosophen Aristobulus

Träume

des griechischen Philosophen

Aristobulus,

nebst

einer kurzen Lebensbeschreibung

des französischen Philosophen

Formosus.

Aus dem Französischen übersetzt.

O vanas hominum mentes, o pectora coeca!

Leipzig,

bey Carl Ludwig Jacobi sel. Wittwe, 1762.

Träume

des griechischen Philosophen

Aristobulus,

so

wie er sie seinen Schülern erzählt
und hernach aufgeschrieben hat.

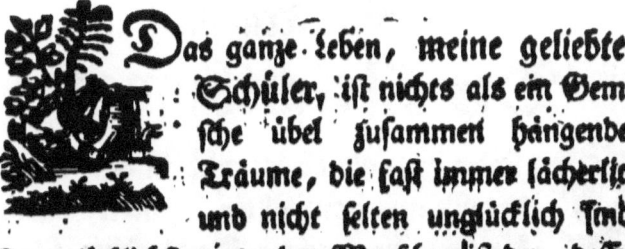 Das ganze Leben, meine geliebten
Schüler, ist nichts als ein Gemische übel zusammen hängender
Träume, die fast immer lächerlich
und nicht selten unglücklich sind.
Der glücklichste unter den Menschen ist der, dessen
Leben im Schlaf weniger durch böse Träume beunruhigt worden ist.

Ich versprach mir das ruhigste und zufriedenste
Leben, da ich von meiner zartesten Kindheit an

A 2 meine

meine Leidenschaften zu bändigen gelernt hatte; aber die Götter haben nicht gewollt, daß mein Schicksal gänzlich von dem Schicksal andrer Menschen unterschieden seyn sollte. Sie schickten mir alle Nächte so lebhafte und ununterbrochene Träume, daß ich sie für die Wirklichkeit selbst halten konnte. Ich habe also den Unbestand der menschlichen Dinge wenigstens im Schlafe mehr als andre Menschen empfunden.

Ihr verlanget, daß ich euch die Träume, auf die ich mich noch besinnen kann, erzählen soll. Ich will auch darinne gern willfahren, und vielleicht kömmet ihr einige nützliche Lehren aus denselben ziehen.

✕✕✕✕✕✕✕✕✕✕✕✕✕✕✕✕✕✕✕✕✕✕✕

Erster Traum.
Die Reichthümer.

Es schien mir, als ob ich mich in dem Tempel des Plutus ganz allein befände. Blinder und ungerechter Gott! sagte ich zu ihm, an wen theilst du deine Schätze aus? An Geizige, die sie verscharren; an Verschwender, die sie ohne Ueberlegung verschleudern; an niederträchtige Seelen, die sie auf eine ihrer Niederträchtigkeit ähnliche Art anwenden; an abscheuliche

liche Menschen, die sie zu ihren strafbaren Absich-
ten mißbrauchen. Ach! wenn du mir diese
Gunstbezeugungen erwiesest, so wollte ich sie als
ein kluger Haushalter über meine tugendhaften
Freunde ausbreiten; ich wollte den Armen und
dem im Elende schmachtenden ehrlichen Manne
beystehen; ich wollte junge hoffnungsvolle Genies
unterstützen, die nach dem frühzeitigen Verlust ihres Vaters ohne Stütze, ohne Vermögen, die
Frucht der glücklichen Eigenschaften, die sie von
den Göttern erhalten haben, verlieren; ich wollte
jene jungen unschuldigen Mägdchen, die durch Ar-
muth zum Laster bestimmt zu seyn scheinen, der
Tugend aufbehalten. Das ganze Geschlecht der
Menschen würde dir, wegen der mir geschenkten
Schätze, danken, weil sie in der That Schätze des
ganzen menschlichen Geschlechts seyn sollten.

Ich schwieg. Der Tempel zitterte, und ich sahe
die Bildsäule des Gottes sich bewegen. „Be-
„klage dich nicht mehr, Aristobulus, sagte er zu
„mir, nimm dieses Gold hier zu dir; die einzige
„Erkenntlichkeit, die ich von dir verlange, ist, daß
„du es so anwendest wie du sagest.„

Ich sah bey diesen Worten einen ganzen Haufen Gold vor mir liegen; ich rafte ihn begierig zusammen, und eilte damit so geschwind nach Hause,
daß ich so gar vergaß dem Plutus Dank dafür zu
sagen.

Als ich in mein Haus kam, sagte ich zu mir selbst: Aristobulus, wie viele wirst du nun glücklich machen! Ich sah mich, indem ich dieses sagte, in meiner engen Wohnung um, die sich zu meiner Philosophie und zu meiner bisherigen Demuth sehr wohl geschickt hatte. Aber, wenn ich nun einen kleinen Theil von den Reichthümern anwendete, mir eine anständigere Wohnung, und bessern Hausrath anzuschaffen, was für ein Unrecht würde ich dadurch den Menschen thun denen ich dienen will? Könnte ich wohl in dem engen Behältniß, womit ich mich bisher beholfen habe, einen Elenden einmal, der etwan meiner Hülfe bedürfte, mit Bequemlichkeit aufnehmen?

Ich gieng also sogleich aus, und schloß meine Thüre sorgfältig zu. Ich fand ein Haus das zu verkaufen war; es war groß, prächtig verziert, und mit allen möglichen Bequemlichkeiten versehen. Ich ward davon eingenommen, und vergaß daß diese Pracht sich weder zu meiner Philosophie noch zu dem gemachten Plan schickte. Ich kaufte das Haus; hernach gieng ich, den benöthigten Hausrath darzu zu kaufen, und richtete mich in der Wahl desselben nach der Pracht des Hauses, in welches er sollte gesetzt werden: In diesem Hause, sagte ich, will ich die Gastfreyheit ausüben. Der müde Wanderer, der bey mir alle Erquickungen antreffen wird, soll lange noch den Himmel denken,

ken, daß er ihn den Aristobulus hat finden laſſen,
und Jupiter wird mich dafür ſegnen.

Ohne iemals an mich ſelbſt zu denken, und beſtändig voll von der Idee alle möglichen Annehmlichkeiten denen Glücklichen, die ich zu machen ge-
dachte, zu verſchaffen, kaufte ich eine große Menge
Sclaven. Unterwegens traf ich eine unzählbare
Anzahl armer Leute an, die mich mit Thränen um
Erbarmung baten. Einige waren noch jung:
ſie können arbeiten, ſagte ich, es ſind Müßiggänger die dem Staate zur Laſt gereichen, weil ſie
nichts thun wollen, und die die Obrigkeit ſtrafen
ſollte. Andre waren verſtümmelt, mit Wunden
und Geſchwüren bedeckt, und ſchienen nichts als
elende Ueberbleibſel eines menſchlichen Körpers
mit ſich herum zu ſchleppen: Ha! ſagte ich heimlich, ſie ſtellen ſich nur ſo; ihr Unglück iſt nichts,
als eine erſonnene Liſt, wodurch ſie das Herz der
Vorbeygehenden rühren wollen. Andre waren
Alterswegen ganz unvermögend, und ich glaubte,
daß dieſes nicht die Unglücklichen wären, denen ich
beyſtehen ſollte. Sie haben ihren Unterhalt,
ſagte ich, weil ſie ſich nicht ſchämen ihn zu erbet-
teln; ihre Dürftigkeit wird gehoben, weil ſie es
nicht verbergen daß ſie dürftig ſind; denen will ich
hülfreiche Hand leiſten, die, da ſie unter der Laſt
des Unglücks ſeufzen, es nicht einmal zu ſagen wagen, daß ſie unglücklich ſind; die einen edlen Stolz,

den

den das Elend in erhabenen Seelen noch mehr vermehrt, nie ablegen, und mit seiner so löblichen Gemüthsverfassung sich zu Tode hungern.

Als ich wieder nach meinem neuen Palaste gieng, fand ich eine Menge Freunde unterwegens, die ich nicht einmal vom Ansehen kannte; der eine hatte mich auf dem Spaziergange, der andere im Hafen, der dritte im Tempel gesehen; alle hatten vor mir die größte Achtung, die zärtlichste Freundschaft. Ich nahm sie mit zu mir. Die meisten schienen nicht viel zu haben; ich glaubte das Versprechen zu erfüllen, das ich dem Plutus gethan hatte, wenn ich sie mit einer mäßigen Mahlzeit bewirthete. Doch die Mahlzeit war prächtig und nichts ward dabey gespart. Als sie zu Ende war, hatte ich das Unglück zu gähnen. Alle Gäste schlugen mir ein Spiel zur Ergötzung vor. Ich glaubte nicht, daß ich mich, aus Liebe zu den Unglücklichen, aller Arten von Ergötzlichkeiten berauben müsse. Man brachte Würfel; ich spielte anfänglich nicht hoch und verlohr. Gewinnsucht, Hartnäckigkeit, und eine rasende Neigung, die alle Spieler beherrschet, bemächtigten sich bald meiner; man setzte doppelt, dreyfach, vierfach; ich hielt gegen alles, und verlohr allemal. Man hörte nicht eher auf zu spielen, bis ich den vierten Theil meines Vermögens verlohren hatte.

Ich

Ich, hatte viel liebenswürdiges an meinen Gä-
sten gefunden; sie hatten mir tausend Höflichkeiten
erwiesen; ihre Einbildungskraft hatte sich erschöpft
um alles zu erfinden, was mir angenehm seyn
konnte. Sie erboten sich mich wieder zu besuchen;
ich nahm es an, aber mit dem ersten Vorsatz nicht
wieder zu spielen. Ich bin noch reich genug, dachte
ich, um den Unglücklichen beyzustehen, und das
Vergnügen der Gesellschaft zu genießen. Der
Gott Plutus wird es nicht übel nehmen, wenn ich
nicht wie eine Nachteule lebe, sondern bisweilen
gute Freunde bey mir habe. Einer von ihnen
erbot sich seine Schwester mitzubringen. Die
Schwester eines Freundes bey sich sehen, ist eine
ganz unschuldige Sache, und ich versicherte ihn,
daß es mir viel Vergnügen verursachen würde sie
kennen zu lernen. Den folgenden Tag brachte
er sie sogleich zu mir. Er mußte einer wichtigen
Angelegenheit wegen mich auf einen Augenblick
verlassen, und ich und seine Schwester blieben allein beysammen. Sie war schön und einnehmend;
ich sprach von gleichgültigen Dingen; aber wie
lange kann man sich im Angesicht einer Schöne
in der Gleichgültigkeit erhalten? Meine Sprache
ward zärtlich, und bald fieng sie an schwach und
zitternd zu werden. In der Zerstreuung drückte
ich ihr die Hand; in einer andern Zerstreuung
drückte sich mein Mund auf ihre Lippen; in einer

A 5 andern

andern Zerstreuung küste ich sie auf die Brust; in einer andern Zerstreuung — — —. Wie schwach ist die Philosophie, wenn das Gefühl der Leidenschaften erwacht! Ich hörte auf ein Philosoph zu seyn, ehe ich mir eingebildet hatte, daß ich aufhören könnte es zu seyn.

Meine neue Liebhaberinn hatte mich nicht mit Widerwillen glücklich gemacht; aber nach dem Augenblicke des Vergnügens vergoß sie einen Strohm von Thränen. Ich Unglückliche! rief sie aus; o unglückliche Schwachheit! Ach Grausamer! Sie haben einen Augenblick, wo ich mich vergaß, gemißbraucht; was für einen Sieg über mich haben sie erhalten? Ich wußte nichts von mir selber, wie konnte ich mich vertheidigen? Was soll ich nun anfangen? Entehrt in ganz Athen, von meiner ganzen Nation verachtet, ohne Vermögen, der Gegenstand der Verachtung selbst bey den verächtlichsten Menschen, was sage ich, gehaßt von mir selber, wie soll ich den Augen der Welt und mir selber entfliehen?

Ich gab ihr eine beträchtliche Summe Geldes. Dieses Mittel that seine Wirkung; ihre Munterkeit kam wieder, und nie ist eine Amante zärtlicher gewesen. Sie schlug mir einen Spaziergang vor. Kaum hatten wir einige Schritte in den Gassen von Athen gethan; als die reichen Stoffe, die vor einem

einem Kaufmannsladen ausgelegt waren, ihre
Bewunderung auf sich zogen; ich kaufte ihr dieselben. Eine von den reichsten Damen der Stadt
gieng in ihrem demantenen Schmucke vorbey; dieser Schmuck fiel meiner Geliebten in die Augen,
und ich verschaffte ihr einen ähnlichen. Sie warf
ihre Blicke auf ein sehr artig gebauetes Haus, und
ich kaufte es ihr. Sie lobte die Ergötzlichkeiten
des Landlebens: ich erkundigte mich, ob nicht etwan ein Landgut zu verkaufen wäre; man machte
mir eines bekannt, wir begaben uns dahin, und
ich verglich mich darüber mit dem Eigenthümer.
Ich kam immer ihrem Verlangen zuvor, und las
ihr die angenehmste Gesellschaft zum Umgange
aus. Sie sagte mir, daß ihr Bruder arm sey,
ich machte ihn reich; sie offenbarte mir, daß sie einen unglücklichen Vetter hätte, und ich that ihm
Gutes; sie nannte mir einen andern Anverwand-
ten, der nicht viel hätte, und ich half ihn wieder
in glückliche Umstände. Sie liebte das Spiel;
und ob ich gleich geschworen hatte nie wieder zu
spielen, so brach ich doch, aus Liebe zu ihr, meinen
Schwur, und wir spielten eins so unglücklich wie
das andere. Alle Tage schaffte ich ihr neue Gesellschaft, und sann für sie auf neue Vergnügungen. Die stärksten Ausgaben kamen mir nicht
sauer an, und ich hatte das Versprechen, daß ich
dem Gott Plutus gethan, und den Gebrauch,

den

ben ich von seinem Geschenke machen sollte, ganz
vergessen. Eines Tages fiel es mir wieder ein,
und ich wollte mit dem Sklaven, den ich zum Rech-
nungsführer gemacht hatte, zusammenrechnen.
Ich fand daß alles verthan war, und daß ich noch
größe Schulden darzu gemacht hatte. Ich ver-
kaufte mein Haus, meine Geräthschaft, meine
Sclaven, und das, was ich dafür bekam, langte
nicht einmal zu, meine Schulden zu bezahlen. Ich
war arm; meine Gebieterin die im Ueberfluß
lebte, sahe mich nicht mehr an, und ich erwachte
voll Vergnügen, daß ich nur im Traume reich gewesen war.

Zweeter Traum.

Der Mensch.

Ich sah in einer Nacht den Jupiter die Welt
erschaffen, und stand an seiner Seite. Er
nahm ein Stückchen Erde, und sagte: Du
sollst ein Löwe seyn, und sogleich sahe ich einen Lö-
wen an der Stelle des Stückchens Erde. Er
schuf so alle Thieren nach der Reihe, und wollte
endlich, daß das letzte Stückchen Erde, welches er in
die Hand nahm, ein Mensch werden sollte.

Auf

Auf diesen Befehl des Obersten der Götter sahe
ch auf der Erde etwas schwaches und unförmlichtes
ich bewegen. Dieses Etwas konnte nach einer sehr
langen Zeit erst sich auf den Beinen halten, da
schon die andern Thiere zu ihrer völligen Stärke
gelanget waren. Ich näherte mich diesem Etwas,
as Jupiter einen Menschen genannt hatte, aber ich
verließ es bald wieder, weil die meisten der andern
Thiere mir weit mehr Instinct zu haben, und weit
artiger zu seyn schienen.

Der Mensch wuchs endlich nach und nach grös-
er. Sein Mund brachte einzelne Töne hervor,
durch welche er seine Gedanken ausdrückte, und ich
verstand sie. Aber meine Abneigung gegen ihn
ward dadurch noch stärker, denn sie waren so vol-
er Thorheit und Stolz, daß ich nicht anders als
unwillig darüber werden konnte.

Ich bin, sagte er, das schönste Werk des Ju-
iters, und da ich so schön bin, kann ich glauben,
aß ich ihm selbst ähnlich sey. Für mich hat er
lles geschaffen, was ich sehe. Diese Erde ist be-
immt mir zum Spaziergange zu dienen; diese
lüsse rinnen nur, um mir den Durst zu löschen;
eses Meer ist zu einem angenehmen Schauspiele
r meinen Augen ausgebreitet; diese Sonne,
e größer ist als mein Kopf, ist an den Himmel
hefftet um mich zu wärmen; dieser Mond, der
bald

balb so groß ist als meine flache Hand, soll mir
in der Finsterniß der Nacht zur Erleuchtung dienen;
diese Sterne,..die selten kleiner sind als mein kleiner Finger, sind darum an den Himmel gesäet
worden, daß mein Haupt mit einem azurnen und
feurigen Dache bedeckt sey. O Jupiter! ich danke
dir! du konntest mich im Nichts lassen, und du hast
mich fast bis zu dir erhoben; du hast mir die
Herrschaft über die ganze Welt gegeben.

Ja, alle diese Thiere sind erschaffen, mir zu dienen und meiner Stimme zu gehorchen. Ich bin ihr
Beherrscher, und Jupiter nur, ist Herr über mich.

Indem er so redete, kam ein Löwe aus einer
Höle. Der Mensch nahm den Augenblick die
Flucht, kroch auf einen Baum, da er noch immer
heimlich sagte, daß dieser Löwe, den er fürchtete,
geschaffen sey ihm unterwürfig zu seyn.

Der Löwe gieng indessen vorbey, und er stieg
mit Zittern und halbem Leben wieder von seinem
Baume herab. Ich weis alles, fuhr er fort, und
mein helles Auge durchdringet alle Geheimnisse
Jupiters.

Diese Sonne, die so helle glänzt, ist eine goldene
Platte, die der Oberste der Götter an den Himmel
genagelt hat, und dieser Mond ist folglich eine
Platte von Silber. Nichts ist deutlicher als das.

Ich kann, setzte er hinzu, meinen Leidenschaften
gebieten und ihnen einen Zaum anlegen. Bey
die-

iesen Worten fiel ihm ein Weinstock in die Augen;
r brach etliche Trauben ab, zerdrückte sie, machte
inen Saft daraus, kostete und fand ihn vortreff-
ich. Der Saft stieg ihm in den Kopf; er ward
s gewahr: Er könnte mir schaden, sagte er,
eute darf ich wohl nicht mehr davon trinken, und
veil ich über meine Leidenschaften und über meine
Begierden Herr bin, so ist nichts leichter als die-
es. Er verließ also das Gefäß. Aber wenn ich
nun noch einmal davon tränke, sollte mir es denn
schaden? Er trank also. Ey nun, ich bin von
diesem Trunke nicht taumelnder geworden, als ich
zuvor war; was für Folgen sollte es denn haben,
wenn ich auch noch einmal tränke? Er trank also
noch einmal, und indem er immer sein Gespräch
wiederholte, und immer sagte, daß er seine Leidenschaften bändigen könnte, soff er sich voll, daß er zu
Boden fiel.

Er lag lange Zeit in einem Todtenschlafe. Als
er erwachte, war sein Kopf schwer, sein Körper
schwach und schmerzhaft, sein Herz matt. Immer
überzeugt, daß alles um seinetwillen gemacht sey,
und daß die Kräuter, die ihn umgaben, eine ge-
sundmachende Kraft haben müßten, las er einige
zusammen und aß davon. Sogleich verfiel er in
schreckliche Convulsionen, und war seinem letzten
Augenblicke nahe. Ich merkte daß er Gift genommen

nommen hatte, und vom Mitleid gegen ihn gerührt, gab ich ihm den Saft eines Krautes ein, das ein sicheres Gegengift war. Er hatte mir das Leben zu danken, und war deswegen nicht erkenntlicher gegen mich. Er behauptete, daß ihm die Natur allein, und meine Arzeney nichts geholfen hätte. Die Dankbarkeit würde seiner Eigenliebe etwas gekostet haben, und sein Stolz wollte nicht einräumen, daß ich eine Einsicht mehr als er besäße.

Undankbares Geschöpf, sagte ich zu ihm, so höre doch zum wenigsten auf, alles auf dich zu beziehen, und glaube nicht, daß alles um deinetwillen gemacht sey. Ist dieses Kraut, das dir den Tod zuziehet, auch für dich gemacht? Sind diese Thiere, die deinem Leben drohen, und denen das Kraut, das dich tödten würde, vielleicht zur Nahrung dient, zu deinem Dienste erschaffen? Du glaubst, daß Jupiter dich als sein vorzüglichstes und liebstes Werk ansieht: und wieviel Thiere haben in der Stärke vor dir den Vorzug? Zum wenigsten giebt es keine, die so vielen Schwachheiten unterworfen sind; es giebt keine, die nicht besser wissen als du, was ihnen schaden oder nutzen kann. Hast du eins von ihnen, gleich dir, den Saft einer Frucht einschlucken sehen, der ihnen eine gefährliche Trunkenheit verursachen könnte? Hast du eins von denselben vergiftete Kräuter fressen sehen? Du allein bist nackend, und allem Ungewitter ausgesetzt;

ſetzt; du allein haſt keine Waffen, um dich ge-
n die Anfälle der wilden Thiere zu vertheidigen,
e deine Feinde ſind; alle können ſich an dich ma-
en, und finden dich ohne Vertheidigung. laß
mnach deinen Stolz fahren; und an ſtatt dich
r das Meiſterſtück Jupiters zu halten, lerne ein-
hen, daß er dich nur als ein Spielwerk hervor ge-
acht habe.

Der Menſch gedemüthigt und beſtürzt über
eine Rede, verſunk in ein tiefes und langes Still-
hweigen, und ſchlug die Augen zur Erde nieder:
dlich erhob er ſeine Stirne wieder noch ſtolzer
s zuvor; und ſagte zu mir: Ach! erſtaune nicht
ber die Unordnung die in der Welt herrſcht; ich
abe die Urſache derſelben gefunden. Wir haben
nmer geglaubt daß ein Jupiter ſey, und es iſt kei-
er. Wie? rief ich voll Verwunderung und Un-
illen aus, haſt du dich denn ſelbſt gemacht? Biſt
u es, der dieſe Welt erſchaffen hat? Nein, ant-
ortete er mir, mit eben dem dreiſten Tone, Alles
t von ohngefähr entſtanden, und nichts iſt leichter
begreifen. Die Elemente, oder die erſte Grund-
aterie, oder die Atomen, unter einander gemengt,
hwammen ohne Ordnung in dem ungeheuern
aume durch einander; einige dieſer Atomen wa-
en viereckig, die andern zackig, noch andere acht-
ckig; ſie ſtießen ohne Unterlaß an einander, ent-
ernten, und näherten ſich wieder eins dem andern.

B　　　　　　　　Durch

Durch dieses unendliche mannichfaltige Bewegen
und Zusammenstoßen ist endlich die Erde, die
Sonne u. s. w. entstanden.   Eben diese erste Materie hat, nach einer gewissen ohngefähren Einrich-
tung, Körper mit Gliedmaaßen versehen hervor-
gebracht, welches Thiere sind; und diese Glied-
maßen, die gleichfalls von ohngefähr auf eine ge-
wiße Weise zugerichtet wurden, haben die Kraft
zu denken, die ich, mit Ausschließung aller andern
Thiere, allein besitze, hervor gebracht.

Der Mensch endigte hier seine Rede, und man
sahe an seiner Mine, daß er mit allem, was er gesagt hatte, sehr zufrieden war.

Ein stolzer und majestätischer Stier, der wäh-
rend der Unterredung beständig bey uns gestanden
hatte, und beständig ins geheim zu brüllen schien,
konnte seinen Unwillen nicht länger bergen, und redete in diesen Ausdrücken:

Stolzes und zugleich schwaches Thier! du ver-
dientest daß ich dich mit meinen Hörnern durch-
stieße, und dich wieder in das Nichts versetzte, aus
welchem du niemals hättest hervor kommen sollen.
Du allein, sagst du, hast unter den Thieren die
Kraft zu denken: ich räume dir es ein, wenn du
dadurch ein Vermögen verstehest närrische und
unsinnige Gedanken hervor zu bringen.   Du bist,
wie du sagst, das vornehmste unter den Thieren;
und wir, wir wissen, daß Jupiter sie alle einander

auf

auf eine gewiſſe Weiſe gleich gemacht hat. Der
Hund überwindet den Haſen, und wird vom Wolfe
überwältigt; dieſen kann ich mit einem einzigen
Stoß meiner Hörner tödten, der Löwe hingegen
virft mich durch einen Schlag mit ſeinem
Schwanze zu Boden, und dieſen kann ein Ele-
phante wieder ohne Schwierigkeit aus dem Wege
ſchaffen. Keins von uns bildet ſich ein, daß alles
um ſeinetwillen gemacht ſey, aber wir alle empfinden, daß wir dem Oberſten der Götter, der uns gemacht hat, und ein jedes ſeine Nahrung auf der
Erde finden läßt, angenehm ſind. Wir wundern
uns nicht, wenn wir Pflanzen ſehen, die uns ſchäd-
lich ſind; weil wir glauben, daß ſie andern Thieren,
die eben ſo wohl als wir ein Recht zum Leben haben, nützlich ſeyn können. Du rühmſt dich alles
zu wiſſen, und wir, wir rühmen uns nur zu wiſſen was uns nöthig iſt. Wir unterſuchen nicht,
wie Jupiter die Geſtirne gemacht, und welchen
Lauf er ihnen vorgeſchrieben habe; wir danken
ihm nur, daß er die Sonne geſchaffen, die allem
was auf der Erde iſt, Leben und Wärme giebt, da
deß ohne Zweifel ihm andere Weſen wegen der
übrigen Geſtirne danken, deren Nutzen uns weniger fühlbar iſt. Du ſagſt, daß du deinen Leiden-
ſchaften gebieteſt; aber Jupiter hat weit mehr für
uns gethan, denn er hat uns gar keine gegeben.
Er hat gemacht daß uns hungert, wenn unſer Leib

eine

eine Nahrung nöthig hat; er hat dem Stier ein
Verlangen nach der Kuh eingepflanzt, wenn es
Zeit ist für die Fortpflanzung seines Geschlechts
zu sorgen. Diese Vernunft, die du so hoch schä-
test, und die wir nicht haben, ist nichts als eine
blinde und unbändige Begierde alles zu wissen,
und die Frucht davon ist, wenn du es aufrichtig
gestehen willst, daß du nichts weist. Sie ist dir
zur Züchtigung gegeben, und der Oberste der Götter hat durch dieselbe deinen Stolz demüthigen
wollen. Wisse demnach, daß alle andern Thiere
in einem Augenblicke der Zärtlichkeit von ihm erschaffen sind, und daß er dich in der Stunde des
Hasses gemacht habe. Wir also fliehen dich alle,
denn wir verabscheuen dich alle.

Das Erstaunen über die weise Rede des Stiers
war bey mir so groß, daß ich gähling erwachte,
und der Traum dieser Nacht gab mir, verschiedene
Tage über, Materie genug zum Nachdenken.

Dritter Traum.
Der Philosoph.

Es träumte mir in einer Nacht, daß ich in
einem dicken Walde herum irrte, ohne zu
wissen wo ich war. Alle Schritte, die
ich

ch meinen Weg wieder zu suchen that, führten
nich nur noch mehr irre. Endlich kam ich zu einer Grotte, die die Natur noch mehr verschönert
hatte. Ein sanfter Schauer herrschte um dieselbe;
hohe und dickbelaubte Bäume standen rings um-
her und verursachten den dicksten Schatten; der
Eingang zur Höle war mit Muschelwerk ausge-
zieret, dessen Verschiedenheit unendlich war; in der
Nähe befanden sich Sitze von Rasen und Mooß.
Ich setzte mich nieder und gerieth schon in ein tiefes Nachdenken, als ich auf einmal durch die An-
kunft eines ehrwürdigen Greises darinne unterbrochen ward. Nie habe ich so viel Ehrfurcht
empfunden. Seine Gestalt war edel, sein Gang
majestätisch, seine Mine mit Leutseligkeit und Ho-
heit vermischt, ein langer Bart hieng ihm über die
Brust hinab. Nur an der Weiße seiner Haare,
an den größern und kenntlichern Lineamenten sahe
man, daß er sein Alter erreicht habe, da er im übrigen noch alle Lebhaftigkeit der Jugend an sich hatte.
Kaum wagte ich es die Augen auf ihn zu werfen:
ich hielt ihn für den Saturnus, den Vater des
Jupiters, ich fiel ihm zu Füßen, und er richtete
mich lächelnd wieder auf. Denen Göttern allein,
sagte er, indem er mir die Hand drückte, muß dieses Kennzeichen der Ehrfurcht vorbehalten werden.
Ey was! rief ich aus, solltest du ein Sterblicher
seyn! Ja, mein Sohn, der bin ich, antwortete er,

B 3 und

und die Jahre, die sich über meinem Haupte häu-
fen, benachrichtigen mich, daß der Tod nicht mehr
fern von mir sey.

O mein Vater, wie soll ich diese gütige Zärtlichkeit, die ihr mir erweiset, mit dem Hasse zusammen reimen, den ihr ohne Zweifel gegen die Menschen hegt, indem ihr sie fliehet? — — Ich hasse
die Menschen nicht, erwiederte der Alte, aber ich
kann nichts zu ihrem Glücke beytragen, und so
glaubte ich, daß es mir erlaubt sey, das meinige in
der Einsamkeit zu suchen.

Sie haben euch demnach an eurem Glück ge-
hindert, sagte ich zu ihm? Ihr habt also eitel Bösewichter unter ihnen gefunden?

Wenigstens habe ich geglaubt, daß sie es sind,
antwortete er: aber seitdem ich von ihnen entfer-
net bin, seitdem ich über ihr Herz Betrachtungen
angestellet, und gesucht habe sie zu entschuldigen,
so glaube ich, daß es überhaupt wenig böse Menschen giebt, daß aber auch nicht einer ist, der nicht
Böses thäte, welches für diejenigen, die unter ihnen leben, einerley ist.

Ey! mein Vater, wie können sie aber Böses
thun ohne selbst Bösewichter zu seyn?

Das kommt daher, mein Sohn, daß sie nur einen schwachen Schein von Vernunft haben. Ja,
ihre Verbrechen haben keine andere Ursachen als
ihre Irrthümer. Aus Mangel der Vernunft
sehen

hen ſie nicht, daß alles in der Welt nur Nich-
zkeit und Elend iſt; ſie fühlen ſich elend, und
alten ſich für fähig zur Glückſeligkeit zu gelan-
n, da doch dieſes den Göttern allein vorbehalten
t. Der Arme glaubt, daß er um glücklich zu
yn nur reich ſeyn dürfe; er wird reich, und zu-
eich nur unglücklicher. Die Erhaltung eines
oßen Hauswesens koſtet ihm tauſend Mühe;
trügeriſche Schuldner machen ihn wegen ſeines
Vermögens bange; ſeine Frau verthut mit vollen
änden; ſeine Kinder machen ihm Schande,
eil ſie wiſſen, daß ihr Vater ſie von der Strafe
it Gelde los kaufen kann.

Wie glücklich wäre ein Reicher wenn er um
iesen Preiß davon käme! Der Ehrgeiz kommt
och darzu, ihn mehr zu quälen. Er gelangt end-
ch zu den vornehmſten Bedienungen des Staats;
thut große Dinge, und tauſend Neider verſchwö-
n ſich zu ſeinem Untergange; er begeht Fehler,
eil er ein Menſch iſt, und ein ganzes Volk klagt
n an; man macht ihm ſelbſt ſeine guten Hand-
ngen zu Fehlern. Die Ruhe flieht ihn; Tag
nd Nacht muß er, ſeinem Ruhme zu gefallen, an
em Glück eines Volks arbeiten, das er nicht liebt,
nd das ſelbſt ihn haßt. Die Furcht, in Ungnade
u fallen, iſt ein nagender Wurm, der ihn ohn
Unterlaß plagt; ſein Ehrgeiz, der geſtillt zu ſeyn
eſchienen hatte, erwacht mit größerer Lebhaftig-

keit.

keit. Bisher war der zweete Plaß für seine Wünsche genung gewesen: ießt hat nur der erste noch Reiz für ihn. Er macht sich einen Anhang; das Laster erschrecket ihn nicht mehr. Wie glücklich wäre er wenn er stürbe! Wenn er aber den Zweck seiner Wünsche erreicht, so hat er nichts als ein Instrument mehr zu seiner Marter herbey geschafft.

In allen Ständen der Menschen werden eben diese Rollen gespielt; man verändert den Stand, den Ort, die Gesellschaft beständig, und befindet sich einmal nicht glücklicher als das andere. Man hoffet alles von der Zukunft; diese kann nichts für uns thun, als etwan den Tod herbey führen. In unserm Herzen liegt die Quelle unsers Elendes.

Das ist es, wohin uns der falsche Begriff vom Glücke führt. Meutereyen, Verräthereyen, Neid, die ärgsten Missethaten entspringen alle daher. Man thut das Böse nicht aus Wohlgefallen, aber man entschlüßt sich darzu, um glücklicher, das ist, reicher und vornehmer zu werden.

Wie viel anders würden die Menschen denken, wenn die gesunde Vernunft ihnen ins Herz redete! Sie würden ihren wahren Vortheil alsdann einsehen, und daß dieser Vortheil von der Tugend untrennbar sey. Im Stande der Natur hatten oder konnten die Menschen vielleicht kein ander Gesetz haben als ihre natürlichen Bedürfnisse, benen

nen sie Genüge leisten mußten; aber in der Gesellschaft ist nicht es eben so; es giebt da Vorurtheile,
die zu Tugenden werden können, denen man sich
ohne Widerrede unterwerfen muß, weil, da sich alle
Glieder denselben unterwerfen, derjenige die Har-
monie stören würde, der sich dawider auflehnen
wollte. Oefters ist eine verwerfliche Handlung,
die man aus Leichtsinn begeht, ein Verbrechen wider die Gesellschaft, da sie entweder auf ihren Untergang, oder auf die Störung der Ruhe in derselben abzielt. Strafbare Sterbliche! die ihr nur
auf euch sehet, als ob ihr allein auf der Welt wä-
ret. Fliehet die Gesellschaft der Menschen, wenn
ihr derselben zu weiter nichts dient, als ihre Ruhe
zu stören!

O! das ist der Weiseste unter den Menschen,
rief ich aus! Ihr habt niemals die Schwachheiten und Fehler des Geschlechts der Menschen gekannt, und indem ihr euch ihrem Umgange entzo-
gen, habt ihr euch weit über dieselben erhoben.

Ich habe nicht immer in der Einsamkeit gelebt, unterbrach mich der Alte; ich habe mich, wie
ein anderer, in dem Strudel der Welt herum ge-
dreht; ich habe Frauenzimmer geliebt, die mich
hintergiengen, Freunde, die mich nicht liebten; ich
habe tausend hohen Gönnern Bücklinge gemacht,
die mir alles versprachen, und nichts hielten. Von
so viel Beschwerlichkeiten ermüdet, habe ich endlich

die

die Menschen verlaſſen, der Verdruß hat durch die
Entfernung in meinem Herzen abgenommen; ich
kann nicht ſagen daß ich ſie liebe; ich verachte ſie
nicht, aber ich ſchätze ſie auch nicht hoch.

Aber, ſagte ich zu ihm, da die Menſchen dem
Grunde nach nicht verderbt ſind, ſo könnten ſie
doch wohl gebeſſert werden. Ich ſtelle mir mit
Vergnügen vor, wie ein Weiſer ihnen einmal zeigen wird, daß ſie nur in ſich ihr Glück zu ſuchen
haben; daß ſie es nirgends als in ſich ſelbſt finden
können; daß nicht der Stand, nachdem er höher
oder niedriger iſt, glücklicher oder unglücklicher
macht; daß der Ackersmann eben ſo glücklich ſeyn
könne als der Monarch, wenn er überzeugt iſt, daß
der Monarch eben ſo unglücklich ſeyn könne als er.

Dieſer Weiſe, antwortete mir der Einſiedler,
würde nichts ausrichten; man würde ihn anhö-
ren, man würde ihm Beyfall geben, aber man
würde ſich nicht beſſern, weil die Menſchen nur
dem Rathe ihres Herzens folgen.

Ich ſtellte ihm hierauf vor, daß es ohnfehlbar
Menſchen gäbe, die mehr Vernunft, und nichts
von den Fehlern der gemeinen Menſchen an ſich
hätten; die ſich den Ehrgeiz nicht blenden, und die
Liebe nicht bis zur Raſerey ausſchweifen ließen;
die mit dem wenigen, das ihnen der Himmel gegeben, zufrieden wären, und ihm dankten, daß er
ihnen nicht noch weniger gegeben hätte. Haben
dieſe

iese Menschen, setzte ich hinzu, eine vorzüglich bes-
re Natur, oder werden ihnen nicht vielmehr alle
leichen, wenn man ihnen die Vernunft in ihrer
wahren und vollkommensten Gestalt wird gezeigt
aben?

Die Menschen, von denen du redest, antwortete
mir der Alte ganz kaltsinnig, haben wenig Fehler,
weil sie wenig Leidenschaften haben; sie wenden
eine Mühe an, um tugendhaft zu seyn. Sie
folgen, wie ich dir gesagt habe, dem Triebe ihres
Herzens. Kannst du von einem Verschnittenen
sagen, daß er keusch sey, weil er gegen die Tugend
einer Tochter nichts zu unternehmen wagt?

Aber giebt es nicht, erwiederte ich hitzig, wohl-
thätige Menschen, die sich ein Vergnügen machen
ndern unter die Arme zu greifen? Könnet ihr
wohl sagen, daß dieses aus Mangel der Leidenschaft geschehe; oder geschieht es nicht vielmehr
vermöge der edelsten Leidenschaft die andere glücklich zu machen sucht?

Es giebt Tugenden des Stolzes und der
Schwachheit, antwortete mir der Alte. Ein
Großer bewilliget eine Gnade, weil er zu schwach
ist dem Bitten zu widerstehen; ein Reicher theilt
seine Schätze aus, weil er für großmüthig gehalten seyn will. Die Fehler sind noch die besten die
den Tugenden gleichen.

Aber

Aber ihr, sagte ich zu ihm, ihr seyd ein wahrhafter Weiser: warum wollt ihr es nur allein seyn?

Ich bin ein Weiser, weil ich allein bin. Wenn ich mich wieder unter die Menschen begäbe, würde ich ihnen, ohne Zweifel, bald wieder ähnlich werden. Das Feuer der Leidenschaften ist unterdrückt, aber es ist nicht völlig ausgelöscht; man würde es wieder ausbrechen sehen, so bald es Nahrung bekäme.

Aber wie soll man denn die Menschen bessern?

Man wird sie nie bessern, weil Jupiter allein die Natur der Wesen ändern kann. Es ist wahr daß es Menschen giebt, die durch ihre Leidenschaften zu Lastern und Verbrechen verleitet werden; aber Jupiter hat es so gewollt, und wir müssen ihm deswegen nicht tadeln. Wenn er nicht immer das beste gewählt hat, so hat er doch alles nach seinem Willen gemacht. Kommt es uns zu, uns zu beschweren, und hat er uns geschaffen daß wir ihm Gesetze vorschreiben sollen?

Ich bat meinen Einsiedler, mir zu erlauben, daß ich bey ihm bliebe; aber er schlug mir es ab: er fürchtete, daß die Gesellschaft auch nur eines einzigen Menschen seiner Tugend hinderlich seyn möchte.

Vier-

Vierter Traum.
Die Liebe.

Ich träumte in einer Nacht, daß ich an dem angenehmsten Ort der Welt spazieren gieng. Künstlich gezogene und in der vortrefflichsten Ordnung gesetzte Bäume machten Alleen aus, in welchen eine angenehme Dunkelheit herrschte. Ich irrte mit Vergnügen in denselben herum, und mein Herz empfand alle die Fröhlichkeit, die die Schönheit des Orts einflößete. Am Ende der Alleen sahe ich Plätze die mit den schönsten Blumen bedeckt waren. Die Springbrunnen, die das Wasser mit Ungestüm in die Lüfte trieben, breiteten eine angenehme Kühle rings um sich her. Ich konnte nicht genug bewundern. Endlich sahe ich eine Laube, ich gieng hinein, um einen Augenblick auszuruhen: ich ward ein Lager von Rosen gewahr, und auf demselben ein schlafendes Kind. Welche Schönheit, welche Reitze entdeckte ich an dem Kinde! Ich gestand in diesem Augenblicke, daß, ehe ich dasselbe gesehen, ich noch nicht gewußt hatte was Schönheit sey —. Es schlief fest, und dennoch bemerkte man auf seinem Gesicht eine unaussprechliche Lebhaftigkeit. Es hatte etwas schalkhaftes, oder besser zu sagen

tück

tückisches in seinem Gesicht; aber ich weis nicht
wie ihm dieses so artig stand. Das verführeri-
sche seiner Augen schien sich zu verrathen, ob dieselben gleich geschlossen waren. Ich konnte nicht
von ihm wegkommen, ich setzte mich ihm zur Seite,
und weckte es, wider meinen Willen, auf, durch
einen Seufzer der mir entfuhr. Es seufzete selbst,
da es die Augen aufthat, und auf mich richtete:
Ach du bist es, sagt es zu mir, der mich im Schlafe
stört; ich muß mich deßwegen rächen. Da es
dieß sagte, schoß es einen Pfeil nach mir, den es
verborgen hielt. Ich schrie laut, weil ich glaubte
daß der Pfeil tödlich wäre. Ach! verrätherisches
Kind, rief ich aus, wer könnte von einem so zarten Alter eine solche Tücke vermuthen? Eine unbekannte Wollust schlich sich unterdeß in meine
Seele; ich empfand, statt des Schmerzens, ein
angenehmes Vergnügen. Ich fand mich ganz
verändert: mein Herz ward zärtlich; Thränen
flossen von den Augen; und wie süß waren diese
Thränen! Bezaubert, entzückt, mir selbst unbewußt,
umarmte ich dieses Kind, das mich verwundet hatte.
Es lachte: nun wohlan, sagte es, sind die Wunden des Amors sehr schmerzhaft? an statt ihm zu
antworten wollte ich es noch einmal umarmen —.
Ich bin es nicht, den man umarmen muß: dem
Amor kann man seine Ehrerbietung nicht anders
bezeugen, als durch die Zärtlichkeit gegen das
schöne

höne Geschlecht. Siehe dich um — — —.
ch gehorchte, und sah eine Nymphe — — —.
Wie schön war sie! Außer dem Amor hatte ich
ichts so schönes gesehen — — —. Amor, ver-
unde mich noch mit einem deiner Pfeile, ich kann
e nicht genug lieben!

So sagte ich: nun flog ich auf sie zu; ich wollte
ich ihr zu Fuße werfen; aber ich wagte es nicht.
Mein Herz wollte, aber die Furcht hielt mich zu-
ück. Ich sehe sie an; sie schlägt die Augen nie-
r, und auch ich schlage die Augen nieder; ich will
den, und schweige still; ich brenne und verberge
r meine Flammen mit Vorsatz — Ach!
enn es mir doch erlaubt wäre, recht öfters um sie
seyn! Ich werde sie sehen, ich werde mit ihr re-
n, ich werde allzu glücklich seyn!

Ich erhielt die gewünschte Erlaubniß. Ich
tte geglaubt, daß sie zu meinem Glück hinrei-
end seyn würde; aber wie grausam ist es, das
as man liebet beständig vor Augen zu haben,
d es ihm nicht zu sagen — — —! Biswei-
n sahe sie mich mit freundlichen Augen an; bis-
ilen redete sie mit Gütigkeit, ja bey nahe mit
ärtlichkeit zu mir; bisweilen seufzete sie —.
elche Freude empfand ich damals! Ein unaus-
echlich Vergnügen floß durch alle meine Adern —
ie liebt mich, sagte ich; vielleicht gestünde sie
r ihre Liebe eben so gern als ich ihr die meinige
geste-

gestehen möchte. Es hält sie nichts als die Schamhaftigkeit ihres Geschlechts zurück. Ach! ich will
reden — — — Aber wenn ich mich betröge —
Wenn ich ihr nun gleichgültig wäre — — —
Wenn sie etwan weiter nichts, als Freundschaft
vor mich empfände — — ' Ach ich will schwei-
gen. Wenn ich sie böse machte! — — — —

Zu einer andern Zeit fand ich sie ernsthafter
und strenger. Weiter bedarf ein Liebhaber nichts
um sich zu beunruhigen. Welche Marter empfand alsdann mein Herz — — —! Ich habe
mich beständig geirret. Nein, sie liebt mich nicht.
Ach! wie habe ich mir einbilden können, daß sie
mich liebe? Warum sollte ich ihr gefallen haben?
wodurch sollte ich ihre Gunst erworben haben? O
vortreffliche Nymphe, habe ich mich ie deiner würdig achten können? Dich beleidigt zu haben, das ist
zu arg — —! Du hast mich niemals geliebet, du
wirst mich auch niemals lieben. Die Ungleich-
heit zwischen uns ist so groß — — — Ich will
mich weit von ihr entfernen, weit von ihren Augen
weg will ich eine Ruhe suchen, die ich bey ihr nicht
finden würde . . . . Sie will ich fliehen? —
Ach! wenn ich für Schmerzen sterben soll, so will
ich wenigstens vor ihren Augen sterben.

Dieß waren die Bewegungen, die in meinem
Herzen vorgiengen. Bald beunruhigten sie mich
alle zugleich, bald eine um die andere. Wie viel

Ver-

Vergnügen und wieviel Schmerz verursachet die Liebe, wenn sie aufrichtig ist!

Die Gelegenheit mich zu erklären ward mir endlich von meiner Nymphe selbst gegeben. Ich saß neben ihr am Rande einer Fontaine. Sie sprach den Nahmen Liebe aus. Ach! sagte ich zu ihr, welch eine Marter ist es bisweilen zu lieben. Stellen Sie sich einmal das Schicksaal eines Liebhabers vor, der beständig seine Geliebte zu beleidigen fürchtet, der sie anbetet, und nicht dreuste genug ist es ihr zu sagen. So ist ein aufrichtiger Liebhaber allemal beschaffen. Die wahre Liebe ist allezeit furchtsam. Ich endigte meine Rede mit einem Seufzer der aus dem innersten meines Herzens kam.

Diesem Seufzer nach, sagte sie zu mir, der Hitze nach mit welcher sie reden, sollte man glauben, daß sie der Liebhaber wären, den Sie beschreiben.

Ach! ohne Zweifel; ich liebe — — Soll ich dem Amor Dank sagen, oder soll ich mich über ihn beschweren? Ich liebe die schönste Nymphe, und mein Unglück ist um so viel größer, wenn sie mich nicht liebt; was sollte mir unterdessen auch ihre Liebe verdienen können, da ihr ohne Zweifel, die meinige beständig unbekannt bleiben wird.

Dieses hartnäckige Stillschweigen, unterbrach sie mich, scheint mir sehr schlecht gegründet zu seyn.

Eine

Eine aufrichtige Liebe verdienet Gegenliebe, und sie verdienen dieselbe auch auf andre Art.

Bey diesen Worten faßete ich ein Herz. Ich sprach noch einige Zeit mit ihr von dem Gegenstande meiner Liebe; ich gab auf sie Achtung, und bemerkte einige Unruhe an ihr. Sie schien mir zu fürchten, daß ich eine andere als sie liebte. Sie befahl mir den Nahmen derjenigen zu nennen, die über mein Herz siegte. Ich hielt beständig die Augen auf sie geheftet, und glaubte gewahr zu werden, daß ihr das den Augenblick wieder reuete, was sie mir befohlen hatte. Sie wußte nicht wo sie ihre Augen hinwenden sollte; sie fieng an zu zittern, und eine Schamröthe breitete sich über ihr Gesicht aus. Wenn sie es war, die ich liebte, so war der Augenblick, wo ich es gestehen sollte, für sie etwas beschwehrliches und nicht leicht auszuhalten. Und wenn sie es nicht war —.

Ich fürchtete auch auf meiner Seite, weil ein Liebhaber beständig fürchtet: aber der Augenblick war zu günstig; ich mußte mir ihn zu Nutze machen. Sehen sie, sagte ich zu ihr, mit einer schwachen und gebrochenen Stimme, sehen sie hier die, die ich liebe. Indem ich dieses sagte, zeigte ich ihr das Wasser der Fontaine, das Zephir selbst nicht zu bewegen sich unterstand.

Ihr

Ihr Schickſal war entſchieden: ſie konnte gewiß ſeyn daß ich ſie liebte. Ihre Verwirrung nahm eben ſo zu wie ihre Röthe. Sie wandte die Augen weg: was wollte ſie mir antworten? Ihr Stillſchweigen war leicht zu erklären; ich ward dreuſte; ich hörte nicht auf in ſie zu dringen, bis ich das Geſtändniß, worauf mein Glück beruhete, von ihr erhalten hatte.

Ich brachte einige Zeit in dem ſüßeſten Vergnügen zu. Die Sonne, wenn ſie auf und wenn ſie untergieng, fand uns von Liebe trunken. Die Nacht die den Schein des Tages vertrieb, konnte unſere Ergötzungen nicht unterbrechen. Aber kann man lieben, ohne ſich zu quälen? Ich glaubte, daß meine geliebte Nymphe mich nicht ſo ſehr liebe, als ich ſie liebte: welche Marter! liebſt du mich? fragte ich ſie öfters — — — Kannſt du fragen? antwortete ſie mir: habe ich dir es noch nicht genug gezeigt? habe ich dir es nicht oft genug geſagt? Ach! rief ich, ſage mir es ohnaufhörlich; ich werde es nie genug hören können. Aus allzugroßer Liebe fürchte ich, daß du mich nicht genung liebſt. Ich liebe dich, ich werde dich beſtändig lieben —. Ach wie angenehm iſt es dir vorzuſagen, was du mir ſagen ſollteſt! — — —. Komm in meine Arme, geliebte Nymphe, lehne dich an meine Bruſt, zeige mir daß du mich liebſt, indem du mich für Vergnügen ſterben läſſeſt.

Aber

Aber eine weit grausamere Marter war mir noch aufgehoben, und ich mußte bald alles schreckliche derselben empfinden. An dem angenehmen Orte, den wir bewohnten, waren junge Hirten, die sich alle vergebens um die Ehre von meiner lieben Nymphe geliebt zu werden stritten. Alle beteten sie an, und ich ward allein von ihr geliebt; aber ich wäre zu glücklich gewesen, wenn ich es hätte glauben können. Es würde mir unleidlich gewesen seyn, wenn sie dieselben angesehen, oder mit ihnen gesprochen hätte. Wenn sie die Augen auf einen von ihnen warf, so hielt ich ihn sogleich für meinen Nebenbuhler: aber die Augen meiner Nymphe wandten sich wieder auf mich, und so war ich wieder beruhiget.

Ach! rief ich, wenn ich sie lange Zeit nicht sah, sie ist gewiß bey einen von den Hirten, der ihr seine Liebe erklärt, und dem sie vielleicht auch die ihrige anträgt. Ungetreue, du hast mich hintergangen! Warum spottest du meiner? Warum hast du mir nicht gesagt, daß du mich nicht lieben kannst? ich wäre zwar gewiß gestorben; aber so würde ich auch keine Marter mehr auszustehen haben —. Da ich noch redete, erschien meine Nymphe, und ich vergaß daß ich böse war.

Bisweilen wagte ich es, ihr zärtliche Vorwürfe zu machen: aber gleich darnach bereuete ich es wie-

wieder. Sie antwortete mit Gelinbigkeit darauf, und meine Beschämung vermehrte sich.

Die Schäfer hatten eines Tages ein Fest; meine Nymphe ward dazu eingeladen; Ach! sagte ich zu ihr, du willst mich verlassen? Glaubst du, daß ich ruhig seyn könne? du sollst dich unter so viel liebenswürdigen Hirten befinden, die mit so viel Feuer und Lebhaftigkeit von ihrer Liebe reden werden — Wirst du dagegen unempfindlich seyn können? Wird sich nicht einer darunter befinden, den du für aufrichtig hältest? Einen Liebhaber für aufrichtig halten, ist nicht viel anders, als ihn selbst lieben — In den Tänzen wirst du die Liebe ausdrücken müssen. O Schmerz! du sollst die Liebe für einen andern als für mich vorstellen! Ein anderer wird deine Augen voller Zärtlichkeit nach ihm blicken sehen, er wird sehen, wie du durch Geberden, durch Schritte, die von der Venus selbst abgemessen sind, ihn zum Vergnügen einladest! die Kunst allein, in welcher du es so weit gebracht hast, wird an deinen Bewegungen Theil haben: aber vielleicht glaubt er daß du ihn liebst; vielleicht unterstehet er sich — Ihr Götter! ich kann daran nicht denken.

Nun wohlan, komm mit mir, sagte sie zu mir; du sollst ruhiger seyn: deine Augen sollen mich stets begleiten, und der geringste meiner Blicke soll dir nicht unbewußt bleiben.

C 3   Ich

Ich sollte mit dir gehen! ich sollte mich bey diesem Feste sehen lassen! ich sollte die zärtlichen Gespräche hören, die die Schäfer mit dir halten werden! ich sollte sie um dich herum schwärmen, und die Eroberung sich streitig machen sehen; der eine wird dich bey der Hand nehmen, der andere wird es vielleicht wagen dir auf den Mund — — O! ich wollte lieber in die Hölle verstoßen werden.

Wenn du mich nicht begleiten willst, so will ich auch nicht gehen; ich will bey dir bleiben; die Vergnügungen des Festes werden mir reichlich ersetzt werden! glaubst du daß ich andere zu geniesen fähig sey, als die, die ich mit dir genieße.

Ey siehst du nicht daß ich ein Thor bin? Meine thörichte Furcht hält dich ab! Gehe, genieße die Vergnügungen, sie sind deinetwegen veranstaltet; beraube die Einwohner dieser Gegenden derselben nicht. Ach! eile! sie sind schon alle versammlet, sie warten auf dich, und dein Verweilen macht aller Herzen traurig. Eile! ich fühle mich itzt ganz ruhig.

Welche Ruhe! sie gieng, oder sie durchbohrte vielmehr mein Herz. Die Eifersucht stellte mir tausend schreckliche Bilder als gegenwärtig vor. Alle fürchterlichen Gemälde, die sich meiner erhitzten Einbildungskraft darstellten, zeigten mir meine Geliebte als ungetreu. Sie ist nun, ohne Zweifel sagte ich bey mir, an dem Orte, wo das Fest gehal-

halten wird; ja, sie ist es; alle Schäfer sind um
sie herum; sie reden alle zugleich zu ihr; sie drän-
gen sich hinzu, sie zu umarmen, und die Grausame
lässet es geschehen — — —. Höre ich nicht einen, der ihr seine Liebe offenbaret? — — Sie
hört ihn! sie antwortet ihm! — — — Was
sagt sie zu ihm? — — — Sie sagt ihm, daß sie
ihn liebe! — — Eine wollüstige Röthe verbrei-
tet sich auf beyder Gesichte — Die Ungetreue
läßt sich küssen! was sage ich? sie giebt ihm alle
Küsse feuriger wieder! — — Sie entfernten
sich von den andern Hirten; sie verkriechen sich in
ein entlegenes Gehölze; sie werden sich von ihrer
Liebe mit einander unterhalten, sich eine ewige
Treue schwören, tausend Liebkosungen einander
machen — — — Ach! mein Unglück ist mehr
als zu gewiß.

In diesem traurigen Zustande befand ich mich,
bis ich sie wieder sahe.

Ich brachte noch lange Zeit unter Quaal und
Vergnügen zu, endlich merkte ich, daß mein
Feuer nach und nach abnahm. Ich liebte beständig meine Nymphe, aber ich war deßwegen nicht gegen alle andern Vergnügungen gleichgültig. Sie
entfernte sich bisweilen einige Augenblicke von mir,
und ich beunruhigte mich nicht. Die Schäfer
waren um sie herum, und ich ward darüber nicht ei-

fer-

ferſüchtig. Ich erwieß ihr noch gern einige Lieb-
koſungen; aber es würde mir beſchwehrlich geweſen ſeyn, ſie ihr immer zu erweiſen. Sie warf mir
meine Kaltſinnigkeit vor, und ich hielt ſie für unge-
recht. Aber die Kaltſinnigkeit vermehrte ſich bald
dergeſtalt, daß ich wohl ſahe, daß ich zu lieben auf-
gehört hatte.

Ich verließ die Oerter, die der Liebe geheiligt
waren. Bey meinem Erwachen dankte ich den
Göttern, daß ſie mir die ganze Grauſamkeit dieſer
unglücklichen Leidenſchaft hatten erkennen laſſen.

Fünfter Traum.
Die Poeteninſel.

Ich las eines Tages ein neues Gedicht, und
der Schlaf bemächtigte ſich meiner an einer langweiligen Stelle, die dem Poeten
ſehr intereſſant geſchienen hatte. Kaum waren
meine Augen geſchloſſen, als ich eine Reiſe zu thun
glaubte, auf welcher mich einige Schutzgeiſter auf-
hielten. Folge uns, ſagten ſie zu mir, und ohne
meine Antwort zu erwarten, verſetzten ſie mich auf
die Poeteninſel.

Ich ſahe ſogleich mit begierigen Blicken mich
allenthalben um, ſo weit mein Geſicht reichte.
Was

Was suchest du? fragten mich die Geister. Meine
Neugier, antwortete ich ihnen, muß euch nicht
fremde dünken. Ich bin, wie ihr sagt, in der
Poeteninsel: wo ist denn nun der stolze Berg, der
dem Himmel mit seinem doppelten Gipfel droht?
wo ist das bekannte Pferd, auf welchem die Poeten reiten? der Quell, dessen so sehr gerühmtes
Wasser ihren Geist anfeuert? der mächtige Gott,
der sie begeistert? wo sind endlich die gelehrten
Jungfrauen, die unter seiner Aufsicht der Poesie
vorstehen? Ich finde ja nichts von dem allen:
ich sehe aber ganz andere Dinge. Himmel! die
Insel liegt in einer Tiefe! wo habt ihr mich hin-
geführt? Jede Welle droht sie zu überschwemmen.
Was sehe ich? ich bin verlohren! den Augenblick
wird sie verschlungen werden!

Fürchte nichts, sagten die Geister mit lautem
Gelächter zu mir, die Insel scheint dir nicht be-
festigt genug: aber sie würde nicht lange bestehen,
wenn sie es mehr wäre. Man reißt ietzt alles
nieder was zu ihrer Befestigung dienen könnte,
und giebt sich dagegen alle Mühe ein Nichts darinne zu erhalten. Aber wir wollen die Zeit nicht
mit unnützen Gesprächen verliehren: hier ist der
Tempel, laß uns hinein gehen.

Er war aus alten und ehrwürdigen Ruinen
erbauet, die man allenthalben zusammen gelesen

E 5   hatte:

hatte: die Bauart und die Auszierungen deſſelben hatten alſo etwas ſehr ſonderbares an ſich.

Gleich am Eingange ward ich eine unzählbare Menge Menſchen gewahr, die ſich mit allerley beſchäfftigten. Was ſind das für Leute? fragte ich. Es ſind Poeten, antwortete man mir. Die Göttinn, die ſich dort mitten unter ihnen befindet, iſt die Thorheit; der Eigenſinn iſt ihr zur Seite; verſchiedene Geiſter, die allenthalben herum zerſtreuet ſind, ſind beſchäfftigt ihren Günſtlingen beyzuſtehen. Gehe nur weiter, und gieb Achtung.

Der erſte Platz war ganz mit den Werken der beſten Autoren bedeckt, und mit Menſchen umgeben, die eine blaſſe Farbe, tiefe eingefallene Augen, und ein langes hageres Geſicht hatten. Die Dürftigkeit, ein weiblicher Genius, war mitten unter ihnen. Sie nahm ein Buch von dem Platze, ſchnitt ein Blatt heraus, gab einem jeden etwas davon, und warf das Buch wieder hin, um ein anderes zu nehmen und eben den Gebrauch davon zu machen. Die Poeten reiheten die erhaltenen Stückchen zuſammen, und wenn ſie deren eine gute Anzahl beyſammen hatten, machten ſie eine Abſchrift davon, die ſie dem Publico als ein neues Werk vorlegten.

Weiter unten waren Leute, die aus Tadelſucht in den Tempel gekommen waren. Ihre herumſchweifenden Augen, aus denen die Tücke hervor
ſtralte,

ſtralte, drückten ihren Character aus. Eine Furie war ihre beſtändige Begleiterinn, und flößte ein hölliſches Gift in ihre Adern.

Eine große Menge arbeiteten für das Theater. Einige glaubten, daß ſie den Cothurn anziehen müßten, und andere waren mit Halbſtiefeln zufrieden. Luſtige, traurige, ernſthafte, kindiſche, erhabene und närriſche Geiſter halfen ihnen wechſelsweiſe, und zu gleicher Zeit bald dieſem bald jenem.

Das Heldengedicht hatte auch einige Anhänger. Sie ruften die Einbildungskraft an, und die Raſerey kam ihnen zu Hülfe. Sie hielt ihnen einen Zauberſpiegel vor die Augen, in welchem ſie tauſend außerordentliche und närriſche Gegenſtände ſahen. Sie wurden davon erhitzt, ahmten ſie in ihren Geſängen nach, und bewunderten ſich ſelbſt ohn Unterlaß.

Eben dieſe Gottheit begeiſterte auch die lyriſchen Dichter, und jagte ſie von einem Gegenſtande zum andern. Je mehr ſie den mannichfaltigen Eindrücken folgten, um ſo viel mehr entfernten ſie ſich von der Vernunft, und hielten ſich für Poeten.

Die Elegie hatte einige Jünglinge auf ihrer Seite. Die Mattigkeit begeiſterte ſie, und der Ekel folgte ihnen auf dem Fuße nach. Ein Genius

nius schüttete Eis auf jeden Vers den sie zusammen fügten.

Die Umstände verstatteten nicht, daß ich mehr sehen konnte. Alle Poeten standen mit Lermen und Geräusche auf, und drangen sich haufenweise in einen weiten Saal. Man wollte ihnen einen Monarchen und Häupter erwählen. Die Wahl war dem Witze aufgetragen. Als sie zu Ende war, spann sich, unter diesem sonderbaren Volke, eine Zusammenverschwörung wider die Großen und den König an; und dem einem wie dem andern war der Untergang geschworen.

Aber das Schauspiel veränderte sich bald. Jeder von den Zusammenverschwornen glaubte das größte Talent zu besitzen, und es entstand daher ein bürgerlicher Krieg unter ihnen. Der Neid jagt sie in Harnisch, sie ziehen gegen einander los, und Disteln krönen von sich selbst das Haupt der Ueberwinder. Aber wer sollte wohl glauben, wie weit die Narrheit dieses Volks gehe? Diese Ueberwinder waren stolz auf ihre Kronen. Ihre verblendeten Augen sahen Disteln für Lorbern an, und wollten, daß alle Welt eben so denken sollte.

Das Publicum war zusammen berufen, um den Streit zu entscheiden. Die Poeten lasen ihre Arbeiten enthusiastisch selbst vor, und konnten keinen Vers lesen, ohne sich selbst zu bewundern.

Das

Das Publicum konnte nichts vortreffliches darinne finden, und um die Gesellschaft wieder in eine Gleichheit zu bringen, pfiff es dieselbe ohne Unterschied aus.

Apollo erschien alsdann auf einer silberglänzenden Wolke am Himmel, blies dreymal auf die Insel, und sogleich waren die Insel und die Poeten von den Wellen verschlungen, und in den Abgrund versenket. Ich erwachte, und lachte über meinen Traum.

Sechster Traum.
Bagatellopolis

Als ich einsmals am pyreäischen Hafen spazierte, unterhielt ich mich mit einigen Kaufleuten, die auf allen Meren herum gereißt waren. Sie erzählten mir von hundert verschiedenen Völkern; besonders aber von einer sonderbaren Nation, die den Atheniensern wenig bekannt ist. Das, was sie mir davon sagten, brachte mir in der darauf folgenden Nacht den Traum zu wege, den ich itzt erzählen will.

Es schien mir, als ob ich in einer großen Stadt wäre, deren Nahme, wie man mir sagte, Bagatellotellopolis hieß, und die die Hauptstadt vom Königreiche Frivolarca war.

Bey jeden Schritte, den man in dieser Stadt thut, findet man neue Gelegenheit zum Erstaunen. Der gute Geschmack und die Unwissenheit regieren daselbst bald zugleich, bald eins ums andere. Man findet da eine prächtige Fasade, wo kein Pallast ist; man bewundert das Portal eines Tempels, man will hinein gehen, und es ist kein Tempel da. Ein Gebäude zeigt auf der einen Seite den besten Geschmack in der Baukunst, und auf der andern einen desto schlechtern. Alle Augenblicke findet man Widersprüche.

Die Einwohner gehen nicht, sondern tanzen. Sie haben Begriffe von der Philosophie, sie schätzen sie hoch ohne Philosophen zu seyn; sie machen die lächerlich, die es sind, und selbst unter ihren Mitgliedern giebt es einige, die sie verfolgen. Sie bewundern die größten Wahrheiten und geben sie für Chimären, für unglaubliche Dinge aus. Thörichte Verblendung, daß man die Wahrheit nicht erkennen will, sobald sie sich zeigt, und daß man das bewundert, was man nicht für dieselbe ansieht!

Sie haben alle eine Larve vor dem Gesicht, die so künstlich gemacht ist, daß man sie für das natürliche Gesicht ansieht. Ein Mensch, zur Betrügerey gebohren, trägt die Masque der Ehrlichkeit; er sucht dadurch einen andern zu betrügen, der mit

der

der Masque der Einfalt bedeckt ist, und erfährt
mit seinen Schaden, daß der verstellte Einfältige
listiger ist als er.

Ein Vornehmer ist hart und unbiegsam: aber
es kostet ihm nichts die Masque der Gnade und
Dienstfertigkeit anzunehmen. Ein Schmeichler,
der seiner bedarf, verbirgt sich hinter die Masque
der Aufrichtigkeit, und der Vornehme wird hintergangen.

Eine Frau erlaubt sich alle Vergnügungen;
und bedeckt sich mit der Larve der Schamhaftigkeit.
Ein Unbesonnener versteckt sich unter die Masque
der Verschwiegenheit, erhält die letzte Gunstbezeu-
gung, und plaudert sie allenthalben aus. Der
gute Nahme dieser Frau ist verlohren, aber sie
nimmt die Masque der Heiligkeit, geht ins Kloster, und ihre Ehre ist wieder hergestellt.

Die Bagatellopilitaner haben eine große Menge
Schriftsteller. Die meisten geben sich vermöge
ihres seichten Verstandes und des Geschmacks dieses Volks, nur mit Lappereyen ab: aber sie wissen
sie mit so viel Lebhaftigkeit vorzutragen, und mit
so viel Witz zu verbrämen, daß nicht selten die
Feinde dieser Kleinigkeiten selbst sie ihrer Aufmerksamkeit würdigen.

Sie haben Poeten die in ihrem Cabinette die
Verse studieren, die sie in Gesellschaft aus dem Ste-
gereif machen: die Trauerspiele an einem Nachtti-
sche

sche und Heldengedichte auf einem Caffeehause verfertigen.

Die jungen Priester des Jupiters erhalten bisweilen hinter dem Bettvorhange den Beruf zu ihrem Amte, und da die Undankbarkeit verboten ist,
so verrichten sie ihre Opfer auf dem Altar der
Venus.

Das gemeine Volk ist außerordentlich lebhaft;
es könnte leicht Aufruhr und Meuterey unter ihnen
entstehen: aber es ist nicht schwer sie zu beruhigen.
Man hält öffentliche Schauspiele: die obrigkeit-
liche Person vergißt ihre Clienten, der Kaufmann
seine Handlungsgeschäfte, der Handwerksmann
den Hunger der ihn drückt: alle Bürger kommen
einträchtig, um mit Aufmerksamkeit einen Pantin
tanzen zu sehen.

Bisweilen ist einer arm: aber er beredet die
Leute, daß er bald reich seyn werde, und dieses ist
es allein wovon er lebt.

Es giebt Gassen die mit einer besondern Art
von Kaufleuten angefüllet sind: sie verkaufen Eckel,
Unterricht und Vergnügen fast um gleichen Preiß
und mit gleichem Abgange.

Die, die sich dem Soldatenstande gewidmet haben, suchen bey Frauenzimmern ihre Beförderung,
und machen ihnen ihre Aufwartung, um bald zu einem vortheilhaften Posten zu gelangen. Sie erhalten

hatzen ihn, und laufen zu ihren Gönnerinnen, um die Mittel zu erlernen, wie sie sich hervorthun sollen.

Schneider bringen die Chimie zur Vollkommenheit, und Aerzte erfinden neue Moden.

Frauenzimmer werden Naturforscherinnen, und errathen ihre Geheimnisse. Die Männer, die ihnen an Wissenschaften zu weit überlegen sind, als daß sie sich mit ihnen einlassen sollten, trällern leichtsinnig einige neue Arietten, und bemühen sich einer artigen Theaterprinzeßinn nachzusingen.

Zween Männer halten mit einander um ein Amt an. Dem einen wird es abgeschlagen, und er erträgt es mit Gelassenheit: aber kurze Zeit hernach schlagen sich diese beyden Männer um eine niederträchtige Buhlschwester herum.

Es zeigt sich einer, der Tugenden und seltene Eigenschaften besitzt: man verachtet ihn. Er läuft zu seinem Schneider: Gebe er mir, sagt er zu ihm, ein Verdienst, das besser in die Augen fällt, als das, das ich schon habe; hier ist Geld dafür! Der Schneider giebt ihm, was er verlangt; er kömmt wieder in die große Welt, und aller Augen sind blos auf ihn gerichtet.

Eine Comödiantinn, die die ganze Stadt schon zu ihren Füßen gesehen hat, will noch einmal der ganzen Stadt den Kopf schwindelnd machen, und faßt, um es dahin zu bringen, den Vorsatz, eingezogen zu leben. Sogleich läuft ihr alles nach;

D   sie

sie erweckt wieder Begierden in aller Herzen. Ein einziger ist so verwegen sich zu erklären, und sie verachtet ihn: er wird krank, er ist dem Tode nahe! er mag sterben! desto besser. Die Comödiantinn wird wieder wie zuvor im Rufe stehen.

So war das Gemälde beschaffen, das mir ein eiteler Traum vorstellte. Es ist nicht möglich, daß so ein Volk auf der Erde seyn kann. Wenn unterdessen sich eine ähnliche Nation finden sollte; so glaube ich, daß sie unglücklich, und bey dem allen nicht zu beklagen seyn würde.

❀❀❀❀❀❀❀❀❀❀❀❀❀❀❀❀

Siebender Traum.

Die neue Welt.

Ich sahe mich in einer Nacht in eine neue Welt versetzt. Ich traf daselbst Menschen von einer sehr sonderbaren Gestalt an: dem Ansehen nach hielt ich sie für Bürger aus einer benachbarten Stadt, und fragte sie, wo der Weg nach ihrer Stadt zu gienge. Sie sahen mich mit großen Augen an, indem sie das letzte Wort nicht begriffen. Endlich erklärte ich ihnen, durch viele Umschreibungen, was eine Stadt sey. Sie antworteten mir, daß sie keine hätten.— Ey! wo aber wohnt ihr denn? — Wo anders,

als

als auf diesem Felde? — Aber wie schützt ihr
euch denn gegen die harte Kälte des Winters, gegen die brennende Hitze des Sommers, und gegen
die kalten Feuchtigkeiten des Abends? — Sie
sahen mich mit Verwunderung an, und ich merkte,
daß ihnen keins von diesen Worten bekannt war.
Sie sagten mir hernach, daß die Luft bey ihnen
stets warm und rein sey, und daß sie durch keine
Veränderung derselben genöthigt würden, das
Feld zu verlassen. Indem ich mit ihnen herum
spazierte, bezeigte ich ihnen meine Verwunderung,
daß ich allenthalben Rasenbänke, auf denen man
sich niedersetzen konnte, und nirgends weder
Bäume, noch Weinstöcke, noch besäete Felder,
noch Bäche und Flüsse gewahr ward; ich mußte
mir noch die Mühe nehmen ihnen von allen diesen Dingen Beschreibungen zu machen, und hörte
mit Erstaunen, daß sie ihnen gänzlich unbekannt
wären, indem sie weder äßen noch tränken. Da ich
dieses Volk so tumm fand, so fragte ich sie, ob ich
nicht Gelegenheit haben könnte mit einem ihrer
Weisen zu sprechen? Ein neuer unbekannter Aus-
druck, eine neue Erklärung, durch welche ich ein-
sah, daß sie nicht wußten was Künste und Wissenschaften sind. Habt ihr einen König? Nein
antworteten sie, wir haben nichts, das so heißt. —
Ihr seyd also Republicaner, und werdet von Magistratspersonen regiert? — Auch das nicht; wir

wissen weder was Magistratspersonen sind, noch
was regieren heißt. Ich machte ihnen hierauf,
mit unbeschreiblicher Mühe, einen allgemeinen
Begriff von der Art, wie unsere Staaten regiert
werden, von dem was wir Künste und Wissenschaften nennen, von den Leidenschaften, den Lastern, den Tugenden. Alle diese Begriffe waren
für sie etwas ganz neues. Sie hatten keine Leidenschaften, keine Begierden; sie wußten weder
was Tugenden, noch was Laster waren. Wer
einen Bürger dieser neuen Welt kannte, der kannte
sie alle. Sie lebten in einer beständigen Ruhe,
ohne Sorgen, ohne Bekümmernisse —. Ach!
wie glücklich seyd ihr, sagte ich zu ihnen, daß ihr
keine von unsern Qualen kennet? — Ach! rie-
fen sie, wie unglücklich sind wir! Wir kennen keine
von euern Vergnügungen!

✕✕✕✕✕✕✕✕✕✕✕✕✕✕✕✕✕✕✕✕✕✕✕✕

Achter Traum.
Das Glück.

Ich preise die Götter, daß sie mich durch
Träume von den heilsamsten Wahrheiten
haben unterrichten wollen, und daß sie mir
im Schlafe alles, was ich zu vermeiden oder zu suchen habe, gezeigt haben.

Ich

Ich hatte seit einiger Zeit den Kopf immer
mit Grillen angefüllt. Der Stand eines Philosophen, der mir in Athen so wenig geachtet schien,
mißfiel mir. Ehemals waren wir ein Gegenstand der Verehrung, und ietzt werden wir öfters
nur ausgelacht. Es war eine Zeit, wo uns die
größten Könige an ihre Höfe beriefen: wir schlugen es ihnen wohl ab zu kommen, und diese abschlägliche Antwort vermehrte die Achtung, die sie
vor uns hatten, und das Verlangen, uns bey sich zu
sehen. Diese Zeit ist nicht mehr. Sie verschreiben
heut zu Tage von Athen nur Comödianten, Flö-
tenspieler und Seiltänzer. Ietzt sucht man sein
Glück zu machen, und ehemals suchte man Ehre.
Jupiter, der beständig auf meinen Unterricht be-
dacht war, schickte mir folgenden Traum zu.

Es schien mir, als ob Mercurius zu mir käme,
und mit folgenden Worten mich anredete: Du
bist mit deinem Schicksal nicht zu frieden, Aristobulus, und glaubst, daß ein anderes, außer dem
deinigen, deiner Wünsche würdiger sey. Jupiter
schickt mich, daß ich dich aus dem Irrthum reiße;
du sollst Menschen von allen Ständen sehen, und
du wirst sie alle unglücklich sehen. Folge mir
nach.

Ich folgte ihm in eine große Ebene, wo ich
einen unzählbaren Haufen von Menschen antraf.

Frage

Frage alle diese verschiedenen Leute, sagte Mercurius zu mir, wenn einer darunter ist, deſſen Schickſal dir beſſer gefällt, ſo darfſt du nur den Jupiter bitten, und er hat verſprochen dir dieſes Schickſal zu gewähren.

Ich mengte mich unter den dickſten Haufen, und fand einen Menſchen, deſſen Kleid von Gold und Silber glänzte, und durch die künſtliche Arbeit noch mehr in die Augen fiel. O! rief ich aus, Mercurius mag ſagen, was er will; ja gewiß, das iſt ein Mann, um deſſen Schickſal ich den Jupiter bitten will. Ich nahete mich dieſem Manne. Darf ich mich unterſtehen, ſagte ich zu ihm, nach euerm Stande zu fragen? dem Scheine nach muß ich euch für ſehr glücklich halten.

Ach! rief er aus, indem er mit thränenvollen Augen nach dem Himmel ſahe, es giebt auf der ganzen Erde keinen unglücklichern Menſchen; ich bin einer von den reichſten Kaufleuten aus Tyrus, und mein Handel erſtreckt ſich in alle Theile der Welt. Kein Miniſter hat ſeine Nation ſo arm gemacht, als ich die meinige bereichert habe. Mein Herz allein fühlte noch einigen Mangel, und wollte ihn erſetzt haben. Ich kannte ein junges Frauenzimmer, welches eins der liebenswürdigſten, aber zugleich der ärmſten zu Tyrus war; ich betete ſie

an, sie liebte mich, ich heyrathete sie; ich machte
ihr Glück, und sie meine Zufriedenheit. Wie
sehr war sie meiner Liebe würdig! Gefällig, vor-
sichtig, sich immer gleich, ertrug sie meine unglei-
chen Begegnungen mit Geduld. Hatte ich einigen Kummer, so theilte ihr Herz ihn mit dem meinigen; aber sie besaß die Kunst ihre Traurigkeit
zu verbergen, um die meinige zu zerstreuen. Wenn
ich Ursache zur Freude hatte, so ward diese Freude
durch die, die ich an ihr bemerkte, verdoppelt.
Sie brachte mir drey Früchte unsrer Ehe zur Welt:
eine Tochter und zween Söhne, von welchen ich
den Trost meines Alters hoffte. Ihr Verstand,
ihr Character, ihr angenehmes und edles Betra-
gen, gaben ihnen vor allen jungen Leuten zu Tyrus
den Vorzug. Wie glücklich war ich! die Götter
selbst konnten mich beneiden; aber wie war mein
Glück von so kurzer Dauer! der erste Verlust, den
ich erlitt, war meine Frau; ich stand mit Thränen an ihrem Bette; sie hielt mit ihrer schwachen
Hand die meinige: Tröste dich, Geliebter, sagte
sie zu mir, du verlierst mich nicht ganz; ich lasse
dir Kinder zurück, die dich beständig an eine Frau
erinnern werden, die du geliebt hast. Erweise
ihnen alle die Zärtlichkeit die ich bey dir verdient
hatte; Umarme mich, geliebter Gemal, umarme
mich zum letzten mal, und laß mich in deinen Armen sterben! Lebe wohl! ich sehe mich beständig,

von dir geliebt; ich sterbe mit Freuden. Mit diesen Worten starb sie.

Diese Erzählung des Tyriers ward durch häu-
fige Thränen unterbrochen, die ihm an der Fort-
setzung derselben hinderten. Endlich fuhr er fort
und sagte:

Könnet ihr mich nun noch glücklich nennen?
Aber ihr wisset mein Unglück noch nicht ganz: der
Tod raffte mit seiner Sense meine ganze Familie
hinweg. Der Hieb, der mir meine Gemalinn
entriß, war nur der erste von seinen Hieben; ich
verlohr bald darauf den ältesten von meinen Söh-
nen, der die ersten Uebungen der Jugend mit Beyfall geendigt hatte. Sein Bruder tröstete mich
über seinen Verlust, so gut ich zu trösten war. Er
gieng mit Waaren, die in die beeißten Gegenden
nach Mitternacht sollten gebracht werden, zu
Schiffe; ich zitterte bey seiner Abreise; mein
Herz war beklemmt; tausendmal umarmte und
benetzte ich ihn mit meinen Thränen. Zwanzig
mal sagte ich ihm, daß die Winde günstig wären,
daß wir uns trennen müßten, und zwanzig mal
zog ich ihn wieder zurück. Er seegelte endlich ab,
und ich verlohr bald sein Schiff aus den Augen,
welches durch die Wellen dahin flog. Es währte
nicht lange, als ich erfuhr, daß das Schiff, mit
allen, die auf demselben gewesen waren, zu Grunde
gegangen sey.

Nun

Nun hatte ich nur noch die Tochter übrig; ich
verheyrathete sie an den Sohn eines Kaufmanns,
an einen reichen, liebenswürdigen und verdienst-
vollen jungen Menschen. Sie aß, am Hochzeit-
tage, von einer Frucht, die ohne Zweifel ein gifti-
ges Thier berührt hatte, und starb in meinen und
meines Eidams Armen. Welch Schicksal ist dem
meinigen gleich! Man muß selbst Gemal, selbst
Vater seyn, um den Kummer meines Herzens
fühlen zu können.

Der unglückliche Tyrier entfernte sich hierauf,
um sich ganz seinem Schmerze zu überlassen.

Ich fand weiter einen Menschen, der einen
Purpurmantel trug. Ich fragte ihn mit Be-
scheidenheit, wer er wäre: Ich bin ein König,
antwortete er mir in einem stolzen Tone. Ihr
seyd also mit eurem Schicksale wohl sehr zufrieden,
sagte ich zu ihm, denn ich glaube, daß man sehr
glücklich sey, wenn man ein König ist. Ich wollte
meinen Stand, erwiederte er mir, gern mit dem
geringsten meiner Unterthanen vertauschen: ich
bin einer von den mächtigsten Monarchen der
Erde, denn ich beherrsche die Perser; aber ihr
verstehet nicht, was regieren heißt. Man ist entweder nicht werth auf dem Throne zu sitzen, oder
man trägt alle Unglücksfälle seiner Unterthanen
mit sich im Herzen herum; man wünscht den Frieden, und muß Krieg führen; man will seine Un-

D 5

terthanen glücklich sehen, und ist öfters genöthige ihr Unglück selbst zu veranlassen. Die grausame Nothwendigkeit entzieht uns bisweilen ihre Liebe, und wenn wir unser Leben mühselig zugebracht haben, so sterben wir öfters ohne von ihnen bedauert zu werden. O ihr Unterthanen, wie beneidenswürdig ist die Dunkelheit, in welcher ihr lebt!

Hinter diesem Könige gieng ein blasser und von vieler Arbeit abgezehrter Mann einher; dieser kam mir zuvor: Ich sehe, sagte er zu mir, daß ihr ein Narr seyd, der alle Leute anhält und ausfragt: ich bin der Premierminister des Königs mit dem ihr letzt gesprochen habt; ich sage damit so viel: ich bin nach ihm der Unglücklichste unter allen Menschen. Ich weis, wie viel ich vermag, aber wie viel Unbequemlichkeiten sind mit den allernützlichsten Projecten verknüpft! Man glaubt öfters sie auf allen Seiten betrachtet zu haben: aber eine einzige ist übersehen worden, und dieses ist die Quelle alles Unglücks. Man schadet indem man nutzen will, und dieser Nutzen kann öfters nicht anders als durch einen nothwendigen Schaden erhalten werden. Ich arbeite Tag und Nacht, ich arbeite mich bald zu Tode; aber kann ich das, was den Göttern allein möglich ist, wohl bewerkstelligen? kann ich einen Staat vollkommen glücklich machen? Das Volk, das mir alles

zum

zum Verbrechen macht, verabscheut mich, und mein
Herr liebt mich nicht. ; Auf einer Seite muß ich
Ungnade, auf der andern Gift und Mord befürch-
ten. Meine Gesundheit gehe verlohren; ich ver-
fluche mein Amt hundertmal des Tages, und dennoch würde ich mich zu Tode grämen, wenn mir
mein König Befehl gäbe den Hof zu verlassen.

Ich sahe einen General, der mit Wunden bedeckt, der unter den Waffen grau geworden, und
mit allen Ehrenzeichen, die der König seinem Mu-
the geschenkt hatte, geschmückt war. Ich wünschte
ihm Glück zu diesen Vorzügen: er genöße, sagte
ich zu ihm, eines glänzenden Ruhms und einer
vorzüglichen Erkenntlichkeit seiner Mitbürger, die
er gegen ihre Feinde vertheidigt habe — Höret
mich, fiel er mir in die Rede, und übereilt euch
nicht mit eurem Urtheile! ich habe von Jugend
auf die Waffen getragen, und von Jugend auf
mich durch dieselben hervorgethan. Ich bin bey
guter Zeit zu den wichtigsten Stellen empor gestie-
gen; stets voll vom Eifer gegen meinen Prinzen,
und stets von meinen Neidern verfolgt, habe ich
meinem Könige gedienet, und unterdessen, daß ich
mein Blut nicht schonte, suchten die Müßiggänger
am Hofe mich zu stürzen; das Volk, das ruhig in
den Städten sitzt, will unser Richter seyn. Wenn
ich den Feind nur beunruhigte, um ihn nach und
nach

nach aufzureiben, so warf man mir Unentschlössen-
heit und Zaghaftigkeit vor; wenn ich ihn schlug,
so sagte man, daß ich meinen Vortheil nicht in Acht
genommen, und daß ich ihn gänzlich hätte zu Grunde
richten können.　Ich kam wieder an den Hof, und
ward daselbst sehr kaltsinnig aufgenommen.　Die
Prinzen wissen von den Diensten ihrer Generale
immer nicht mehr, als was vor ihnen zu verbergen
nicht möglich gewesen ist.　Ein Niederträchtiger,
der ihnen schmeichelt, ist angenehmer als ein tapfe-
rer Mann, der ihnen Dienste leistet.　Zuletzt hatte
ich gegen einen General zu fechten, der eben so viel
Einsicht, eben so viel Tapferkeit als ich besaß; unsere Truppen waren einander an Zahl und Herz-
haftigkeit gleich; dennoch sollte eine von den beyden Parteyen überwunden werden, und das
Glück allein konnte darüber den Ausschlag geben:
es erklärte sich wider mich, und ich ward, nach einem tapfern Widerstande, geschlagen. Itzt werde
ich also in meinem Vaterlande für den schlechtesten
General gehalten; ich habe meinen Ruhm verlohren, und erwarte nur eine Schlacht, in welcher ich
auch das Leben verliehren kann.

Nach diesem Feldherrn kam ein wollüstiger
Sybarit zum Vorschein.　Die Weichlichkeit war
auf seinem Gesichte gemahlt, und ich glaubte, daß
das Glück einen Menschen begleiten müßte, der
seine Tage nur nach Vergnügungen berechnete;
　　　　　　　　　　　　　　　　　　　　aber

aber er benahm mir meinen Irrthum mit folgenden Worten:

Ihr urtheilet von dem was ihr nicht verstehet; Nein, ich bin nicht glücklich: bald will ich Abends einer Maitresse den Abschied geben; sie thut mir die Schmach an, daß ich wieder zurück trete, und verlässet mich den Morgen darauf selbst. Bald rechne ich auf ein Vergnügen, wo ich außerordentlich aufgeräumt seyn will: ich bitte die angenehmste Gesellschaft zu mir, und eben den Tag sind meine Gäste mürrisch, oder auf eine unleidliche Art scherzhaft; nichts ist mir alsdenn übrig, als daß ich meinen Verdruß verberge so gut ich kann. Ich will mich in einem Kleide in dem allerneuesten Geschmack zeigen, und niemand scheint mich zu bemerken. Ich habe Lust ein Concert zu geben; ich verlange neue Sachen zu hören; und die Musik ist so abgeschmackt, daß alle Zuhörer darüber einschlafen. Ich stelle eine öffentliche Lustbarkeit an, und sehe mich aus Höflichkeit genöthigt, allen den Zutritt zu erlauben, und alles geht verwirrt und unordentlich dabey zu. Ich verlange einen Hausrath von auserlesenem Geschmack; ich gebe die Befehle umständlich darzu, und die tummen Handwerksleute verderben meine ganze Idee. Alle diese Dinge scheinen euch gleichgültig; und der geringste Umstand ist fähig, mich in Verzweiflung zu bringen. Man glaubt, daß ich mich ohne Aufhören

Felde herum, der Tod, das einzige Glück, das die Menschen beym Eintritt ins Leben zu hoffen haben. Vor Entsetzen über diesen gräulichen Anblicke machte ich auf und schauerte. Nun beneidete ich ferner das Schicksal keines einzigen Menschen, da ich sahe, wie unglücklich sie alle waren.

* * *
*

So unterrichtete der weise Aristobolus seine Schüler, um sie zur Wahrheit zu leiten. Er erfand, wie Aesopus, fruchtbare und zugleich nützliche Unwahrheiten. Die ihn hörten, lernten das nichtige aller menschlichen Dinge einsehen, und verstatteten den Leidenschaften keinen Zugang in ihr Herz. Ueberzeugt, daß das Unglück die Menschen überall begleite, lernten sie ihr Schicksal ertragen, und beklagten sich niemals; da sie unsere Schwachheit kannten, seufzten sie über unsre Vorurtheile und unsere Fehler, und haßten und verdammten niemanden.

Ende der Träume des Aristobulus.

Kurze

Kurze

Lebensbeschreibung

des französischen Philosophen

Formosus.

Jch schreibe das Leben eines Philosophen; aber sein tumultuarisches Leben, sein Leben unter den Menschen ist es, das ich schreibe. Die Erfahrung, die ihm die Widerwärtigkeiten gaben, öfnete ihm das Heiligthum der Philosophie. Möchte doch, geliebte Leser, sein Beyspiel uns eben dahin führen, und uns statt jener Erfahrung dienen, die so viel zu erwerben kostet!

Das Werk wird kurz seyn; aber es wäre nur auf mich angekommen es länger zu machen. Ich hätte, so gut als andre, hundert Blätter mit einer jeden Begebenheit in dem Leben des Formosus anfüllen, und also ganze Bände schreiben können. Aber welches unterrichtet mehr? eine ekelhafte Weitläuftigkeit, oder die Hauptzüge der Begebenheiten? Diese kleine historische Schrift wird vielen Lebensbeschreibern zum Muster dienen können.

E   Warum

Warum aber, wird man fragen, entwerfe ich nur die Geschichte des weltlichen Formosus, und schweige von dem philosophischen Formosus? hier ist meine Antwort. Die Geschichte eines Philosophen, ist die Geschichte seiner Gedanken; diese ist entweder in seinen Schriften, oder in dem Gedächtniß derer, die ihn gekannt haben, enthalten. Formosus hat, so wie Socrates, keine Bücher geschrieben: aber, klüger als dieser, hat er, nachdem er einmal ein Philosoph geworden war, beständig abgesondert gelebt, und sich nie wieder unter die Menschen gemacht. Wie aber sollten denn seine Gedanken auf mich gekommen seyn? ich würde also gewiß meine Gedanken den seinigen untergeschoben haben, und diese verdienen nicht dem Publico mitgetheilt zu werden. Doch genung! der Eingang ist fertig; ich fange an.

Erstes Capitel.

Die Wissenschaften.

Formosus ward gebohren, ich weis nicht wo, auch nicht zu welcher Zeit, von der Frau eines reichen Bürgers, welcher Bürger also für den Vater des Formosus zu halten ist.

Von

Von seiner zarten Kindheit an, ließ er das treff-
lichste Naturell, die seltensten Neigungen, und den
besten Character von sich blicken. Nie hatte ein
Kind so angenehm geweint, so melodisch geschrien,
die Amme, auf eine vor die Zuschauer so belusti-
gende Art, geschlagen. Es war etwas außeror-
dentliches.

Der Leser, (wenn ich einen habe,) lasse mich die
ersten Thaten meines Helden überhüpfen, um ihn
sogleich in einem reifern Alter aufzustellen.

Formosus war in seinem siebzehnten Jahre ein
Abgrund der Wissenschaften. Er hatte sie alle
wollen einsehen lernen, und hatte zu allem eine
gleich glückliche Anlage mitgebracht.

Er wandte sich gleich anfänglich ganz auf die
Seite der Physic. Niemand hatte noch so geschickt eine Fliege zerlegt, die kleinsten Fibern einer
Milbe entdeckt, so viel bisher ganz unbekannte Insecten kennen gelernt. Formosus wäre der Adler
der Gesellschaft der Wissenschaften geworden, aber
sein Vater ward zum Unglück kurz zuvor paraly-
tisch. Der Sohn nahm die Cur auf sich. Zu
dieser bewundernswürdigen Cur wollte er sich der
zurückstoßenden Kraft (vis centrifuga) bedienen.
Ein geschickter Rademacher mußte ein künstliches
Rad verfertigen, auf welchen der Vater des Formosus eine Stunde lang mit möglichster Geschwin-
digkeit herum getrieben ward. Da die Operation

vor-

vorbey war, hob man ihn für tod auf; doch kam
er dieses mal noch davon, aber so, daß er die übrige
Zeit seines Lebens nicht wieder aus dem Bette
aufstehen konnte. Formosus ward angeklagt, daß
er seinen Vater habe ums Leben bringen wollen;
das Urtheil war gesprochen; aber —

Hic quaedam desunt in M. S.

Er verwünschte die Physic, die Insecten, die
Experimente, und besonders das Experiment mit
der zurückstoßenden Kraft. Er nahm seine Zuflucht zur Poesie; sie allein konnte ihn über den
Verdruß trösten, den er gehabt hatte. Es ward
ein schönes Stück von ihm gedruckt, das seine
Freunde aus Gefälligkeit lasen. Aber ein Gros-
ser, an den im ganzen Stück nicht gedacht ward,
fand sich darinne angestochen. Formosus ward
hefftig verfolgt, und mußte sogar aus seinem Vaterlande entweichen. Um wieder in dasselbe zurück zu kehren, mußte er eine Mandel niederträchtiger und tummer Beschützer in Lobgedichten be-
singen, die gewiß nichts anders als Satyren verdient hätten, wenn diese nicht dem, der sie macht,
noch mehr zur Schande gereichten, als dem, auf
den sie gemacht werden.

Bezaubernde Künste, göttliche Wissenschaften!
rief er aus, ihr, die ihr das Leben eines vernünfti-
gen Menschen angenehm und glücklich macht, werdet ihr mir den immer nur zum Unglück gereichen?
Und

Und dennoch kann ich euch noch nicht verlassen. Ich will mich auf die Moral legen; ich will die Erde in der Tugend unterrichten, und so werde ich von Menschen beständig geliebt werden, nachdem ich sie werde gebessert haben.

Formosus setzte sich sogleich hin. Die Blätter vermehrten sich schnell unter seiner Feder, und in acht Tagen war ein großes Buch fertig. Das Buch ward gedruckt; es war nicht zum besten gerathen, aber es war sehr unschuldig, und man ließ sich einfallen, es für gefährlich zu halten. Der Verfasser hatte Feinde, denn er hatte gewissen Leuten Pflichten vorgehalten, die seit der Zeit reich und vornehm geworden waren. Sie bedienten sich einer so guten Gelegenheit, sich an ihm zu rächen, und brachten ihn ins Gefängniß. Man glaubte, daß er nie wieder an das Tagelicht kommen würde, weil Wahrheiten in seinem Buche standen; aber zum Glück hatte er eine Schwester, die schöne schwarze Haare, blaue Augen, eine weiße Haut, und einen schönen Mund hatte. Sie ward die Maitresse des ersten Ministers, und Formosus ward aus dem Gefängnisse gelassen, und an den Hof gezogen.

Wie unglücklich ist man, sagte er, wenn man physicalische Experimente, Verse und moralische Bücher macht! Wie werde ich aber ie glücklich seyn können? O! nichts ist so leichte. Ich bin

E 3   ein

ein großer Staatskundiger, denn ich habe etliche
Seiten im Machiavell gelesen. Der Minister
wird mich schon befördern. Ich werde meinem
Herrn mit meiner tiefen Einsicht bey einem aus-
wärtigen Herrn große Dienste leisten; alle meine
Staatsgeschäffte werden glücklich von statten gehen, und meine Mitbürger werden mir es noch
lange nach meinem Tode Dank wissen.

Er geht den Augenblick seine Schwester zu bitten, daß man ihm eine Gesandschaft auftragen
möchte. Er wird zu einem Fürsten geschickt, der
seinen Herrn mit einem Kriege bedrohete. Formosus war im Begriff eine dauerhafte Verbindung
zu Stande zu bringen, und der Tractat war bis
zur Unterzeichnung fertig. Aber zum Unglück
hatten Ihro Excellenz eine allerliebste Katze, und
Ihro Majestät einen allerliebsten Zeisig. Der
Zeisig Ihrer Majestät flohe in das Zimmer Ihrer
Excellenz, und die Katze brach ihm den Hals.
Ihro Majestät vernahmen dieses Unglück nicht
mit Gelassenheit; Sie befahlen dem Gesandten
sich sogleich aus dem Reiche zu entfernen, und kün-
digten dem Herrn Ihrer Excellenz einen Krieg an,
in welchem man nicht mehr als achtmal hundert
tausend Menschen aufopferte, Schätze verschwen-
dete, an denen man zwanzig Jahre gesammelt hatte,
und auf beyden Seiten einige Dutzend Städte, nebst
ihren Einwohnern, zu Grunde richtete. Formosus,
mit

mit Schaam und Schande bedeckt, ward für einen ſchlechten Staatsmann gehalten, und wäre verlohren geweſen, wenn ſeine Schweſter nicht noch ſchön geweſen wäre.

Er wußte ſeinen Polybius auswendig, und hatte die Kriegskunſt des Aeneas mit Aufmerkſamkeit geleſen.   Der Miniſter machte ihn zum Commendanten in einer Veſtung, weil er ihn für geſchickter zu den Waffen als zu Geſandſchaften hielt.   Die Veſtung ward belagert; der Gouverneur Formoſus vertheidigte ſich tapfer: da es ihm aber endlich an Munition und Lebensmitteln fehlte, und man ihm auch alle Tage ſchärfer zuſetzte, hielt er es für beſſer ſich zu ergeben, als ſich aufhängen zu laſſen. Seine Aufführung war weiſe, aber ſie ward nicht gebilligt, und er wagte es nicht, um eine neue Stelle anzuhalten.

Zweytes Capitel.

Die Maitreſſen.

Formoſus verſchwor alle Wiſſenſchaften. Liebe, du biſt es, rief er aus, die ich um Beyſtand anflehe! Nur deine Süßigkeiten können machen, daß ich die Bitterkeiten meines Lebens vergeſſe.   Du allein breiteſt Vergnügen über die

Welt aus; du allein kannst es in mein Herz aus-
gießen. In den Armen einer Geliebten, die mich
mit gleicher Zärtlichkeit wieder lieben wird, will ich
lernen, was das wahre Glück ist.

Zu Folge dieser klugen Ueberlegung suchte sich
Formosus in den Gesellschaften eine Schönheit
aus, die ihm gefiel. Die erste die er antraf, war
es, die er sogleich für fähig hielt sein Herz zu fesseln.
Sie hieß Chloe. Sie war jung, brünet, lebhaft,
flatterhaft, im höchsten Grade Coquette, und recht
gemacht einen jungen Menschen zu bezaubern, der
bisher noch nichts als die Liebe zu den Wissenschaften gekannt hatte. Er stammelte ihr eine Liebes-
erklärung vor; sie fieng an laut zu lachen, machte
sich über ihn lustig, und spottete lange, doch ohne
ihm alle Hoffnung zu benehmen. Er verlohr sie
unterdessen, weil er noch ein Neuling war, und sie
suchte durch ihren Scherz sie wieder in ihm rege zu
machen. Formosus ward dreuster, und Chloe
strenger. Sie wollte ihn gern auf den Ton der
guten Gesellschaft stimmen; aber es ward ihm
überaus sauer ein Stutzer zu werden. Unterdessen
hatte er es beynahe dahin gebracht, als Chloe ihn,
einem kleinen artigen Menschen zu gefallen, verließ, der eine Stimme hatte wie eine Vogelpfeife,
und der zum Erstaunen sich zwölfmal auf einem
Beine umdrehete.

Aus

Aus Verdruß über dieſen übeln Verlauf ſchwur
er, nie eine Coquette wieder zu lieben. O Tugend,
du biſt es, die der Schönheit die wahre Zierde
giebt! du allein biſt immer ſtandhaft, du allein biſt
unveränderlich. Die Schönheit fliehet, du bleibſt;
und die dich beſitzt, hat faſt gar nichts verlohren,
wenn ſie die Jugend verliehrt. O Tugend, du
allein ſollſt es ſeyn, an die ich mich halten will!

Er ſagts und ſieht Cidaliſen. Ihre Mine
flößte Ehrſucht ein! Ihre großen Augen, die gerne
nichts als Vergnügen ausgedrückt hätten, zwan-
gen ſich nicht anders als majeſtetiſch zu ſeyn. Die
Liebe hatte ihren Mund zu den ſanfteſten Küßen
gebildet, und dieſer undankbare Mund öfnete ſich
nur, um die Liebe zu verhönen. Ihre Bruſt —
ſie war bedeckt; alle Mannsperſonen ſeufzten darüber, und alle Frauenzimmer freueten ſich. Formoſus liebte ſie; ihre Schönheit gefiel, ſo bald man
ſie ſah, und ihre zufriedene Mine verſicherte, daß
man ſie lieben könnte: man liebte ſie alſo. Die
Blicke wurden milder, ihr Mund war weniger
ſtrenge, ein Zipfel ihres Halstuches verſchob ſich,
und zum erſtenmal fiel das Licht des Tages auf
ihre Bruſt. Dünſte beſchwerten das Haupt,
man empfand Anwandlungen von einer Ohnmacht.
Die Bedienten waren fortgeſchickt — Mache dir
den Augenblick zu Nutze, Formoſus! die Schamhaftigkeit hat ihn vor dich ſo zubereitet, die Scham-

E 5 haf-

haftigkeit die unterlieget, und nicht überwunden
ſcheinen will — Die Furcht hält ihn zurück: er
taumelt, beſinnt ſich, die Zeit verſtreicht, man muß
wieder zu ſich ſelbſt kommen. Welche beſchwer-
liche Sittſamkeit gegen eine Spröde, die, ohne ſich
dem Laſter Preiß zu geben, die Tugend fahren laſſen will. Formoſus ward gegen einen Liebhaber
der vielleicht weniger beſcheiden, aber unternehmen-
der war, vertauſcht.

Ach! rief er aus, es giebt keine gründliche Tugend. Sie iſt von der Welt geflohen, und hat nur
ihren Schatten auf derſelben zurück gelaſſen —.
Er redete noch, als er Cephiſen aus dem Tempel
kommen ſahe, in ihre Kappe gehüllt, mit niederge-
ſchlagenen Augen, und einer ernſthaften Mine.
Eine Röthe, die von den Händen der Natur zubereitet war, erhob die Weiße ihrer Farbe. Ihr
Anputz war ſittſam, ohne nachläßig zu ſeyn. Wer
verſteht ſich beſſer auf die verführeriſche Kunſt des
Putzes, als eine Betſchweſter? Sie raubte ſogleich
dem Formoſus das Herz. Hier finde ich, was ich
ſuche, ſagte er. Die Tugend iſt ſchwach, wenn ſie
nur durch ſie ſelbſt unterſtützt wird; aber ſie iſt
unbeweglich, wenn ihr die Frömmigkeit zur Stütze
dienet. Das waren ſeine Gedanken, und keine
Mühe ward ihn zu ſchwer um einen Zutritt bey
Cephiſen zu haben. Es gelung ihm. Die erſten
Unterredungen waren andächtig langweilig; bald
hernach aber fehlte ihnen faſt nichts mehr um zärtlich

lich zu seyn. Formosus glaubte, daß er sich diesen Augenblick zu Nutze machen müßte. Die
Tugend der Cephise hatte in seinem Herzen ein
keusches Feuer angezündet; er sprach also mit ihr
von der Heyrath. Wie sehr erstaunte er aber nicht,
als seine geliebte Cephise ihm die größte Abneigung
vor diesen geheiligten Banden bezeugte. Ich ta-
dele, sagte sie, die Frauenzimmer nicht, die das
Feuer der Liebe, von welchem sie entbrannt sind,
durch eine erlaubte Verbindung unschuldig machen:
aber ich bin nicht von der Anzahl, und ich muß
Gott die Leidenschaften, die mich beunruhigen können, aufopfern, weil er mir Kräfte giebt, sie im
Zaum zu halten. Formosus wollte ihr ietzt nicht
stärker anliegen, sondern einen günstigern Augenblick erwarten, bis er in dem Herzen seiner Andäch-
tigen eine Leidenschaft rege gemacht hätte, die sie
nicht überwinden könnte. Aber, indem er war-
tete, kam ein junger und schöner Baccalaureus, der
nicht warten kounte, feurig wie einer der erst im
Kloster aufgenommen wird, und riß die Blume
weg, die Formosus abbrechen wollte. Seine An-
dächtige betrog ihn, und ein Andächtiger war es,
der ihn betrügen half.

Dreymal betrogen, von einer Coquette, einer
Spröden, und einer Betschwester, was wird er nun
thun? Er wird die Hoffnung noch nicht aufgeben
eine treue und zärtliche Frau zu finden. Die Coquette, sagte er, suchte nichts als zu gefallen; es
bleibt

bleibt ihr zum lieben nicht Zeit genug übrig. Die
Spröde, und die Betschwester haben nur die Larve der
Tugend, und man kann nicht immer verlarvt gehen.
Ich will eine Frau suchen, die Tugenden besitzt
ohne damit zu pralen, die Annehmlichkeiten hat
ohne sie studiert zu haben, die Liebe fühlt ohne in
Ausschweifungen zu fallen, die gefällt ohne daß sie
zu gefallen sucht. So eine Frau will ich lieben
wo ich sie finde. Er lernte Dorimenen kennen, und
glaubte das gefunden zu haben was er suchte. Dorimene, jung ohne kindisch, munter ohne thöricht,
sittsam ohne Stolz, liebenswürdig ohne begehrlich
zu seyn, schien gemacht alle tugendhaften Herzen
zu entzücken. Formosus glaubte nie geliebt zu
haben, als seitdem er Dorimenen liebte. Seine
Leidenschaft war von langer Dauer, und alle Tage
freuete er sich darüber, alle Tage fand er an seiner
Geliebten neue Eigenschaften die seine Liebe noch
heftiger machten. Aber Dorimene war ehrgeitzig.
Als der Fürst einsmals aufgeräumt war, warf er,
ohne daran zu denken, einen lächelnden Blick auf
den abgeschmakten Morgosus; und von dem Augenblicke an verbrang der abgeschmackte Morgosus den
liebenswürdigen und zärtlichen Formosus aus dem
Herzen der Dorimene.

Formosus war außer sich; aber mit der Zeit trö-
stet man sich über alles. Er vergaß Dorimenen;
liebte Lucilien, die liebenswürdig, aber zur Zärtlichkeit nicht gemacht war, und ihn aus Eigensinn

an-

annahm und wieder verließ; Julien, die witzig aber gebieterisch war, und ihm tausend Verdruß anthat, biß sie ihn aus Verdruß verließ. Selinden, die klug aber traurig war, und ihn um einen aufgeblasenen Philosophen verließ; Marianen, die aufgeräumt aber dem Spiele ergeben war, und ihm einen plumpen Baron vorzog, der im Spiele verlohr ohne sich zu beklagen; Philaminten, die zärtlich aber flatterhaft war, die ihn bis zur Raserey liebte, und ihn bald hernach eben so sehr haßte. Endlich da er müde war sich beständig so betrügen zu lassen, unterhielt er die kleine Phryne; Phryne die zur Liebe gemacht war, und sie in aller Herzen erregte. Ich weiß nicht womit er von ihr beschenckt ward; aber in den Schmerzen die er ausstehen mußte, rief er: Ihr Götter; welch ein Verlust! Ach! ungetreues Geschlecht! zum wenigsten bin ich jetzt versichert, daß ich dich nie wieder lieben werde.

×××××××××××××××××××××××××××××××××

Drittes Capitel.

Die Freunde.

Von der Liebe hintergangen, und endlich außer Stand gesetzt zu lieben, blieb dem Formosus nichts mehr übrig als die Freundschaft. Sie ist allein hinreichend die Uebel erträglich zu machen; aller Verlust wird durch sie gering, und so hart das

Schick-

Schickſal auch ſeyn mag, iſt man noch nicht unglücklich, wenn ſie übrig bleibt.

Formoſus richtete eine zärtliche Freundſchaft mit
dem Lepidus auf, mit dem Lepidus, der jung, in die
Augen fallend, geiſtreich, und das Vergnügen aller
Geſellſchaften war. So voll er von ſcherzhaften
Einfällen war, wußte er doch auch ſehr gründlich
zu urtheilen. Formoſus, der von dieſem Freunde
unzertrennlich war, vergaß alle ſeine vorigen Widerwärtigkeiten. Aber Lepidus war zerſtreut. Formoſus beklagte ſich bisweilen darüber auf eine beſchei-
dene Art; man fand daß er unrecht habe; bald darauf fand man ihn unerträglich; bald darauf ſchien
er verhaßt zu werden, und bald darauf ſahe Formoſus den Lepidus nicht wieder.

Es war nicht leicht ihn abzuſchrecken. Er glaubte,
daß er ſich in der Wahl betrogen habe, und daß es
ihm leicht ſeyn würde eine beſſere Wahl zu treffen.
Er ſahe den Philint in einer Geſellſchaft witziger
Köpfe, deſſen ganzes Vergnügen von Jugend auf
die Philoſophie geweſen war. Im Geſpräch war
er vorſichtig, abgemeſſen, gründlich, ſo wie ein Mann,
der ſeine ganze Lebenszeit in einem Cabinet zugebracht hat; aber dem ohngeachtet war ſein Umgang
nicht unangenehm. Nachſichtig gegen alle liebens-
würdige Fehler ſchien er faſt zu bedauren, daß er ſie
nicht ſelbſt an ſich habe; er haßte nur die Laſter, die
aus einer niederträchtigen und verderbten Seele her-
kamen. Formoſus glaubte den beſten Freund gefunden zu haben, und es iſt gewiß, daß ihn Philint
eben ſo ſehr liebte, als er von ihm geliebt ward.
Aber Philint ſchrieb zum Unglück ein Buch; er las
es dem Formoſus vor, und dieſer fand es mittel-
mäßig.

mäßig. Von dem Augenblicke an erkaltete ihre
Freundschaft, und hörte in kurzer Zeit ganz und
gar auf.

Das Herz des Formosus konnte nicht lange ohne
Beschäfftigung seyn. Es verband sich mit dem
Valer, einem liebenswürdigen, gesprächigen, ein-
nehmenden Menschen, der beständig zu tausend
Diensten bereit, und, wenn man es ihm glauben
will, sehr großmüthig war. Formosus hatte Geld
nöthig, die Sache litt keinen Aufschub: er geht also
zu seinem Freunde, in der Hoffnung, daß sich sein
Geldkasten vor ihm nach Wunsche aufthun werde;
aber er erhält nichts als eine abschlägliche Antwort,
die mit tausend trifftigen Ursachen beschönigt ward.
Valer kam von dem Tage an nicht mehr zu ihm,
und Formosus fand die Thüre des Valer nie wieder
vor sich offen.

Eben das Bedürfniß, das ihn mit dem Valer
verbunden hatte, vereinigte ihn bald wieder mit dem
Dorante, einem Manne von Ansehen, der bey Hofe
und in der Stadt viel galt, und besonders wegen
der vielen Klienten, die er in Schutz nahm, berühmt
war. Es ward eine Stelle erledigt, die den Ehrgeiz des Formosus rege machte. Seine Schwester
war nicht mehr die Maitresse des Premierministers;
er hatte keinen Freund mehr unter den Großen: er
nahm also seine Zuflucht zu dem Dorante, der sich
die Nachricht zu Nutze machte, selbst um das Amt
ansuchte, es erhielt, und den Formosus nicht weiter
ansah.

Dieser suchte nun weiter keine Freunde mehr;
aber ein Freund kam und suchte ihn. Ein Betrüger

ger stellte sich, als ob er seinen Rath in einer wichtigen Angelegenheit bedürfte. Aufrichtigkeit und eine unverstellte Ehrlichkeit schienen seinen Character auszumachen. Formosus gewann ihn lieb, und nie hat ein Mensch erkenntlicher geschienen, als dieser Betrüger. Endlich vertrauete er dem Formosus ein Project zu einer wichtigen Unternehmung, in welches er sich gern eingelassen hätte, wenn ihm sein geringes Vermögen nicht daran verhindert hätte. Formosus ließe ihm sogleich alles was er hatte. Ich habe Freunde gesucht, sagte er, und noch keine antreffen können; in dem Augenblicke aber, da ich verzweifelte, daß ich ie dergleichen finden würde, habe ich endlich einen gefunden. Er redete noch, als man ihm die Nachricht brachte, daß dieser zärtliche und treue Freund die Flucht ergriffen habe.

Unglücklich durch seine Talente, von Liebe und Freundschaft hintergangen, begab er sich in die Einsamkeit. Hier ward er ein Philosoph. Er stellte Betrachtungen über die Menschen an, lernte sie kennen, und voll Verdruß, daß er selbst ein Mensch war, hätte er sich lieber das Leben genommen.

E N D E.